Tarot für Liebe und Partnerschaft

Eleonore Jacobi

Tarot für Liebe und Partnerschaft

LUDWIG

Inhalt

Sich die Karten legen zu lassen, um etwas über die eigene Partnerschaft zu erfahren, ist immer wieder spannend.

Inhalt

Die Tarotkarten sagen Ihnen eine glückliche Partnerschaft schon lange voraus.

Das Keltische Kreuz ist eines der bekanntesten und beliebtesten Legesysteme.

Vorwort

Niemand lebt ein völlig schmerzfreies, immer glückliches Leben. Wir haben alle unsere Höhen und Tiefen, und wir suchen, vor allem wenn wir uns in tiefen Tälern befinden, aus denen es dem Anschein nach keinen Ausweg gibt, nach Antworten, die uns weiterhelfen. Intuitiv wissen wir: Je mehr wir uns selbst und unsere Probleme verstehen, je mehr wir erkennen können, woher der Konflikt kommt und was wir selbst dazu beigetragen haben, umso besser stehen unsere Chancen, unseren Schmerz zu lindern und einen Weg zu einem besseren Leben zu finden.

Tarotkarten sind ein Spiegelbild unserer Seele und geben uns Auskunft über unsere Vergangenheit, Gegenwart und Zukunft. Sie liefern uns auch Hinweise über unser Seelenleben, unsere Einstellung, unsere Ängste und unsere Träume.

Entscheidungshilfe Tarot

Tarotkarten sind ein hervorragendes Hilfsmittel, wenn man vor einer schwierig zu fällenden Entscheidung steht, denn sie zeigen nicht nur die möglichen Konsequenzen dieser Entscheidung, sondern auch, wie die Umstände in der Gegenwart aussehen. Wenn man also vor einem Wechsel steht, bei dem man vielleicht auch etwas aufgeben muss, sollte man sich sehr bewusst darüber sein, dass ein Ende immer auch einen Neuanfang darstellt.

Tarot deckt Hintergründe auf

Wenn Tarotkarten gelegt werden, so geben sie immer auch Auskunft über die Motivationen und Haltungen des Fragenden und zeigen damit, was dieser selbst zu seinen Problemen beiträgt. Tarotkarten decken mit ihren Bildern unsere wahren Gefühle und Gedanken auf. Sie sind ein Spiegel unserer Seele und ein Hilfsmittel, um unser inneres Selbst zu ergründen.
Tarotkarten sind faszinierend, doch manches Mal auch erdrückend. Sie halten uns einen Spiegel vor und zeigen dem Wahrheiten, der sie sehen will. Die Wahrheit, von der ich spreche, ist die innere Wahrheit, das, was wir glauben, was uns motiviert und unser Leben lenkt. Der Motor unseres Lebens.

Liebt er mich?

Eine Frage der Liebe

»Liebt er mich?«, ist die wohl am häufigsten gestellte Frage.
»Liebt er mich?«, so leicht und doch so schwierig zu beantworten.
»Liebt er mich?«, eine Frage, die dem Fragenden oftmals ein Rätsel ist.
»Liebt er mich?«, eine Frage, die Sie sich mit Hilfe dieses Buches beantworten können.

Wenn Partner nicht mehr miteinander sprechen können, weil aufgestaute negative Gefühle die Kehle zuzuschnüren scheinen, ist dieses Partnerschaftstarot ein wunderbares Hilfsmittel, um durch neue Einsichten den Dialog wieder zu eröffnen.

Auf dem Weg zur glücklichen Partnerschaft

Dieses Buch möchte Ihnen eine bessere Einsicht in die vorherrschenden Gefühle in Liebe und Partnerschaft vermitteln. Deshalb wurden die Deutungen der Tarotkarten ausschließlich für die Themen Liebe, Partnerschaft und Ehe ausgewählt; und sie beschreiben, wie wir uns als Partner geben, wie wir uns gegenseitig einschätzen und wie wir miteinander umgehen. Wir wünschen uns alle von unserem Partner, egal ob wir frisch verliebt oder schon lange ein Paar sind, echte Liebe und Verständnis.
Ich wünsche mir, dass Ihnen dieses Buch ein Wegbegleiter sein kann, der Ihnen hilft, Ihre Partnerschaft genauer zu sehen, sich über Defizite und Chancen der Beziehung besser klar zu werden und eventuelle Probleme erfolgreich anzugehen.

Das Tarot – eine Einführung

Die Menschen haben sich im Laufe der Jahrhunderte immer wieder Karten mit Bildern geschaffen, mit deren Hilfe sie sich in der Lage glaubten, in die Zukunft zu sehen. Laut Überlieferung wurde für einen Satz Tarotkarten offiziell das erste Mal im Jahr 1392 am französischen Hof Karls IV. Geld bezahlt. Die Karten wurden bereits nach kurzer Zeit vom Hof verbannt, da sie zu viel von dem offenbarten, was nicht jeder wissen sollte. Die genaue Herkunft dieser geheimnisvollen Bilderkarten ist jedoch unbekannt; möglicherweise sind sie schon viel älter.

Tarotkarten vermitteln uns durch ihre Bilder ein Wissen, das sonst nur auf unsere Ahnungen und Gefühle beschränkt bleibt. Sie ermöglichen uns den Zugang zu einer unsichtbaren Welt, die von uns weiß und uns Hilfe anbietet.

Ein Blick in die Zukunft

Tarotkarten wurden in der Vergangenheit hauptsächlich dazu benutzt, um die Zukunft vorauszusagen, und bis zum heutigen Tag hat sich daran wenig geändert. Doch Tarotkarten können mehr. Wir leben heute in einem aufgeklärten Zeitalter, jedenfalls ist das die allgemeine Ansicht, und fragen uns mehr und mehr nach dem Sinn unseres Daseins, möchten wissen, wie wir unser Leben gestalten sollen und warum wir die Dinge tun, die wir tun. Damit meine ich: Die meisten von uns möchten wissen, was uns dazu veranlasst, hin und wieder Entscheidungen zu treffen, die trotz besseren Wissens gegen unsere Interessen sind. Tarotkarten können Antworten auf diese Fragen geben.

Die unsichtbare Welt

Warum können Tarotkarten Fragen beantworten und Hintergründe aufzeigen? Genau erklären kann das niemand, doch es ist klar, dass die Aussagen der Tarotkarten zutreffend sind. Eine mögliche Erklärung wurde von dem amerikanischen Seher Edgar Cayce (18.3.1877–3.1.1945) gegeben. Er war in der

Lage, sich in Trance zu Hilfe suchenden Menschen zu begeben, ärztliche Diagnosen zu stellen und dann diese Menschen zu dem Arzt zu schicken, der ihnen helfen konnte. Als man ihn fragte, wie dies möglich sei, da er kein medizinisches Wissen besaß, erklärte er seine Fähigkeiten damit, dass es einen so genannten Wissenspool oder ein Allwissen gäbe, zu dem ihm, wenn er in tiefe Trance gefallen war, ein direkter Zugang erlaubt war. Einen geistigen Führer hat er nie benötigt.

Von ähnlichen Phänomenen wird in Büchern von Jane Roberts berichtet. Diese seherisch begabte Frau zeichnete ihre Gespräche mit »Seth« auf, einem Wesen, das sich mit ihr in Verbindung gesetzt hatte und über sie Erklärungen abgab, wie die Welt, die wir nicht sehen und die doch um uns herum existiert, funktioniert. Ich bin mir sicher, dass jedem von uns der Zugang zu diesem Wissen gestattet ist.

Man muss keine medialen Fähigkeiten besitzen, um mit Tarotkarten arbeiten zu können. Das Wissen der Tarotkarten und ihre Aussagen stehen jedem zur Verfügung, der danach fragt.

Karten als Hilfsmittel

Da die meisten von uns nicht über bewusste mediale Fähigkeiten verfügen, haben wir uns Hilfsmittel geschaffen, die es uns erlauben, Zugang zu einem kleinen Teil dieses immensen Wissensschatzes zu finden. Die Energien, die uns umgeben, lassen uns im Zusammenspiel mit Tarotkarten durch unser Unterbewusstsein erkennen, welche Karten für uns von Bedeutung sind, auch wenn wir sie bewusst nur verdeckt vor uns liegen sehen. Wie sonst ist es möglich, dass wir aus einem Stapel von 78 verdeckten Karten eine beliebige Anzahl ziehen und mit diesen Karten auf eine von uns gestellte Frage eine ganz persönliche, bedeutungsvolle Antwort erhalten?

Individuelle Botschaften

Tarotkarten können mit ihren Antworten eine echte Lebenshilfe sein, wenn man sich auf sie einlässt. Tarotkarten sind auch nicht allgemein und auf jeden und alles übertragbar. Wenn Sie die Karten legen oder gelegt bekommen, dann sind deren Antworten nur für Sie gültig. Wenn Sie z. B. Freunde um Rat fragen, dann wird es immer ein Rat sein, den die gefragten Personen nur aus den eigenen Erfahrungen heraus geben können. Der Schwerpunkt dieser Ratschläge basiert auf persönlichen Erlebnissen des Ratgebers und nicht auf denen des Ratsuchenden. Tarotkarten geben Antworten, die für den Fragesteller persönlich gelten und nicht übertragbar sind. Wobei die Antwort neutral ist, d. h., sie ist weder positiv noch negativ, sondern sie zeigt eine Situation so auf, wie sie sich für den Ratsuchenden darstellt.

Wir stehen immer wieder vor Entscheidungen, wie wir unser Leben gestalten sollen. Die Konsequenzen dieser richtigen oder falschen Entschlüsse müssen wir durchlaufen bis zur nächsten Gabelung und einer neuen Entscheidung.

Praktische Lebenshilfe

Wir alle haben einen vorgezeichneten Lebensweg, den wir gehen sollten. Nur wissen wir nicht, wie dieser Weg aussehen soll. Eine Hilfe, den Pfad zu finden, ist zum einen die innere Stimme, zum anderen der Schmerz. Schmerz ist immer eine Aufforderung, unser Leben genau zu betrachten und zu ändern.
Obwohl unsere Lebensbahn vorgegeben ist, besitzen wir die Entscheidungsfreiheit, wie wir unser Leben gestalten können. Es liegt an uns, ob wir in »Schicksalsschlägen« eine Herausforderung sehen können, die wir annehmen, oder ob wir uns dem Schicksal ergeben in der Annahme, dass wir nichts daran ändern können. Die Qualität unseres Lebens ist das Ergebnis unserer Gedanken. Auch stellt unsere Persönlichkeit die Summe unserer Handlungen dar. Dies bedeutet, dass eine Entscheidung oder eine Tat eine Konsequenz in unserem Leben bewirkt und wir die Folgen dieser Tat erst einmal ertragen müssen, bis sich abermals eine Chance ergibt, um eine Änderung im Leben herbeizuführen. Es kann sein, dass sich uns eine passende Gelegenheit erst Jahre später wieder bietet, deshalb sollte man seine Entscheidungen vorher sehr genau überprüfen.

Ein Beispiel – das Zusammenleben

Eine Situation aus der Praxis soll Ihnen das oben Gesagte verdeutlichen. Nehmen wir folgenden Fall an: Sie ziehen mit Ihrem Partner zusammen, obwohl Sie Zweifel haben und sich nicht sicher sind, ob dies für Sie die richtige Entscheidung ist. Sie geben Ihr Bestes und hoffen, dass das Zusammenleben gut funktionieren wird, obwohl Sie nicht besonders glücklich sind. Nach einer Weile müssen Sie sich eingestehen, dass Sie einen Fehler begangen haben.

Das gemeinsame Leben gestaltet sich nicht besonders erfreulich. Was jetzt? Nun stehen Sie wieder vor einer Grundsatzfrage: Geben Sie das Zusammenleben auf und ziehen wieder in eine eigene Wohnung, oder bleiben Sie trotz aller Probleme bei Ihrem Partner, weil Sie nicht mehr alleine leben möchten? Die erste Entscheidung haben Sie gegen Ihre Überzeugung getroffen. Jetzt können Sie diesen Fehler erkennen und stehen erneut vor einer Entscheidung mit möglichen schwer wiegenden Konsequenzen: entweder Neuanfang und vielleicht neues Glück oder Beibehaltung der Gewohnheit und die daraus resultierende Unzufriedenheit. Sie entscheiden – und vielleicht können Ihnen die Tarotkarten eine Hilfe sein, um einen Entschluss zu treffen.

Tarotkarten geben unsentimental Auskunft über uns. Wenn wir uns in einer schwierigen Phase befinden, werden Tarotkarten die Umstände und Zusammenhänge aufzeigen, auch wenn uns die Antwort nicht gefällt, und nichts beschönigen.

Ein Abbild der Wirklichkeit

Es besteht immer noch die Neigung, den Tarotkarten sehr viel Negatives zuzuschreiben, doch sollten die Karten weder mit guten noch mit schlechten Eigenschaften belegt werden. Negative Karten zeigen sich dann, wenn sich in der Vergangenheit des Ratsuchenden viel Ungünstiges ereignet hat oder wenn sein Leben mit großen Schwierigkeiten behaftet ist. Es liegt am Fragesteller, diese Hinweise ernst zu nehmen, sie wenn möglich zu beherzigen und nicht die Augen davor zu verschließen.

Tarotkarten repräsentieren das Spektrum des Lebens mit seinen Höhen und Tiefen, geben aber selbst keine Werturteile ab. Tarotkarten sind neutral. Alle negativen, geheimnisvollen, mystischen oder beängstigenden Formen wurden ihnen von Menschen zugeschrieben, die die Energien, die durch sie wirken, nicht anders erklären konnten oder wollten. Man sollte mit Tarotkarten mit sehr viel Respekt, aber ohne Angst umgehen, denn sie vermitteln uns ein universales Wissen über uns selbst, das auf seine Art einmalig ist.

Der Anteil des Unbewussten

Die Reise durch unser Leben kann abenteuerlich, aufregend, schmerzhaft, voller Glück, Sieg und Niederlagen sein, doch wer sich auf diesen Weg einlässt, neugierig ist, sich mit dem Fluss des Lebens treiben lässt und sich nicht verbarrikadiert, für den kann das Leben eine große Erfüllung werden. Wir sind alle auf dieser Welt, um zu lernen, und wir alle müssen für uns den besten Weg durch unser Leben finden. Unser Unterbewusstsein gibt uns Hinweise, wie wir unser Leben bewältigen können und welche Richtung wir gehen sollen. Sehr oft geschieht dies in Form von Träumen, die durch ihre Bildersprache versuchen, uns ein Problem zu zeigen oder eine Lösung näher zu bringen. Aber auch unsere Intuition, eine innere Stimme oder ein anderer Impuls führt uns auf die richtige Bahn.

Das Leben ist ein immer währender Fluss, denn nichts wird bleiben, wie es war. Wir erhalten durch unser Unterbewusstsein Hinweise, wie wir unser Leben gestalten sollten. Tarotkarten können der Spiegel nach außen sein, der diese Hinweise bewusst macht.

Problemlösung durch Tarot

Auch Tarotkarten erlauben uns durch ihre Bilder, Symbole und Deutungen, unsere Vergangenheit, Gegenwart und Zukunft ganz genau zu betrachten. Sie geben uns durch ihre Informationen die Möglichkeit, unser Leben besser zu bewältigen.
In meinem Numerologiebuch (Das Praxisbuch Numerologie) über die Deutung des Geburtsdatums habe ich gesagt, dass wir uns Hilfen in diese Welt mitgebracht haben. Es bleibt jedoch jedem selbst überlassen, sich dieser Unterstützung zu bedienen und so zu einem besseren Verständnis seiner selbst und seiner Lebensumstände zu finden.

Das Partnerschaftstarot

Auf der Grundlage des Rider-Waite-Tarots mit seiner hervorragenden Bildsprache habe ich neue Deutungen speziell für Partnerschaften erarbeitet. Ich habe bewusst darauf verzichtet, noch einmal die Symbolik der Karten zu erklären oder ihre allgemeinen Deutungen aufzunehmen. Darüber gibt es bereits genügend sehr gute Bücher (siehe Literaturverzeichnis im Anhang). Dieses Buch bietet eigenständige Deutungen für jede Tarotkarte, die sich ausschließlich auf die Gefühlswelt beziehen. Da Lesungen mit Tarotkarten normalerweise das gesamte Spektrum des Lebens umfassen, ist es oft sehr schwierig, die Deutungen der Karten spezifisch auf Partnerschaften zu begrenzen. Bei allgemein üblichen Praktiken ist man deshalb auf sehr viel Interpretation angewiesen, wenn es um Partnerschaftsfragen mit ihren manchmal einfachen, oft aber auch sehr komplexen Missverständnissen geht. Dies macht eine Lesung unter Umständen sehr schwierig, aber auch neugierig auf neue Erfahrungen.

Das Partnerschaftstarot erlaubt Ihnen, sich Ihre möglichen Schwierigkeiten in Ruhe und ganz privat anzusehen, und liefert eine Antwort, die nur für Sie bestimmt ist – eine wunderbare Möglichkeit, über seine Partnerschaft in Ruhe ohne äußere Einflüsse nachzudenken.

Die Privatsphäre wird gewahrt

Und noch einen Vorteil bieten die Karten: Partnerschaften sind eine sehr persönliche Angelegenheit. Auch wenn man seine Probleme mit einer Freundin oder einem Freund bespricht, wird man immer einiges zurückhalten, denn manche Dinge sind zu privat, um ausgesprochen zu werden. Dieses Partnerschaftstarot erlaubt Ihnen, sich auch die unausgesprochenen Probleme in Ihrer Partnerschaft genauer anzusehen.

Zu allen Zeiten und in allen Kulturen der Welt lassen sich die Menschen die Karten legen, um zu erfahren, was in der Zukunft auf sie wartet.

Die Karten lesen lernen

Das Partnerschaftstarot kann mit seinen Antworten eine echte Hilfestellung in allen Lebensfragen sein. Es genügt allerdings nicht, sich zu einer Frage einmal die Karten lesen zu lassen oder einen Blick in die Zukunft zu riskieren, denn Tarotkarten weisen auf mehr als nur auf unsere Zukunft hin. Auch ist es oft nicht möglich, bei einer Lesung durch andere verschiedene Fragen zu erörtern oder mit unterschiedlichen Legesystemen zu experimentieren. Das ist zum einen natürlich eine Zeitfrage, da eine Sitzung immer zeitlich begrenzt ist, zum anderen hat jeder Kartenleser oder jede Kartenleserin sein/ihr eigenes System, mit dem er oder sie am liebsten arbeitet. Es passiert immer wieder, dass, sobald man eine Sitzung verlassen hat, einem die Frage einfällt, die man unbedingt beantwortet haben wollte und dann vergessen hat, oder dass durch die erhaltenen Antworten neue Fragen auftauchen. Es kann sehr frustrierend sein, wenn man dann nicht mehr die Möglichkeit hat, sich Klarheit über vielleicht brennende Fragen zu verschaffen. Deshalb sollte man selbst lernen, gut und vernünftig mit Tarotkarten umzugehen, denn nur so kann man die Tiefe ihres Wissens und die Möglichkeit der Hilfestellung wirklich kennen lernen.

Das Partnerschaftstarot gibt Ihnen Auskunft, wie Sie selbst über Ihre Partnerschaft denken, aber auch, wie Ihr Partner seine Beziehung mit Ihnen sieht. Es ist eine nicht zu unterschätzende Hilfestellung in dem Tanz der Liebe.

Konflikte erkennen und deuten

Das Partnerschaftstarot gibt Ihnen die Möglichkeit, sich mit Fragen Ihrer Partnerschaft, mit vergangenen Beziehungen oder Ihrem Singledasein auseinander zu setzen. In einem Beziehungskonflikt hat man oft den Überblick verloren oder redet aneinander vorbei. Das Partnerschaftstarot wird Ihnen aufzeigen, welche inneren Hemmschwellen Sie selbst besitzen, was Sie am Partner ärgert oder nervt und welche uneingestandenen Ängste jeder mit sich herumträgt. All dies sind Einflüsse, die eine Partnerschaft beeinträchtigen oder zum Scheitern bringen können. Sie können sich diesen Konflikt mit Hilfe der Tarotkarten bildlich vor Augen führen, um sich anschließend in Ruhe Gedanken über die aufgezeigten Probleme zu machen.

Jede Karte ist ein Symbol

So sind Tarotkarten aufgebaut

Tarotkarten sind in zwei Teile aufgeteilt: die Kleinen Arkana und die Großen Arkana. Die Kleinen Arkana bestehen aus 56 Karten, die in vier Sätze unterteilt sind, nämlich den Satz der Kelche, den Satz der Schwerter, den Satz der Stäbe und den Satz der Münzen, jeweils nummeriert von eins bis zehn. Sie symbolisieren die Eigenschaften der vier Elemente Wasser, Feuer, Luft und Erde.

- Die Kelche repräsentieren die Gefühle. Sie sind dem Wasser zugeordnet.
- Die Schwerter repräsentieren den Verstand und das Wandelbare. Sie werden der Luft zugeordnet.
- Die Stäbe repräsentieren das Kreative in uns. Sie werden dem Feuer zugeordnet.
- Die Münzen repräsentieren das Bodenständige, das, was für uns real und greifbar ist. Sie werden der Erde zugeordnet.

Tarotkarten beschreiben mit ihren Aussagen die Höhen und Tiefen eines Lebens und die Personen, die Mitspieler in diesem Leben sind. Sie zeigen das alltägliche Leben genauso wie das Schicksalhafte, das uns auf unserem Lebensweg begegnet.

Die Kleinen Arkana

Die Kleinen Arkana beschäftigen sich mit dem Alltag. Sie zeigen die verschiedenen Aspekte und Bilder des Lebens mit seinen Höhen und Tiefen, seinen Freuden, aber auch den negativen Seiten. Zu den Kleinen Arkana gehören die Hofkarten Bube, Ritter, Königin und König, die durch ihre Zugehörigkeit zu einem bestimmten Satz, dem der Kelche, Schwerter, Stäbe oder Münzen, etwas über die Eigenschaften und den Charakter einer Person aussagen. Die Hofkarten zeigen uns Personen, die unser Leben begleiten oder die darin eine Rolle spielen werden. Wenn sich Hofkarten auf den Fragenden beziehen, sagen sie etwas über seine Charakterzüge aus. Die Kleinen Arkana zeigen uns, wie wir unser Leben meistern; sie sind von uns beeinflussbar.

Die Großen Arkana

Die Großen Arkana sind die Schicksalskarten. Sie zeigen den Weg, den wir gehen, und die Lektionen, die wir lernen sollten.

Sie repräsentieren unsere innere Welt. So begleiten uns die 22 Bilder der Großen Arkana auf den Stationen unseres Lebens und somit auch auf den Etappen unseres Liebeslebens. Die Bilder der Großen Arkana sind sehr ausdrucksstark und einprägsam. Und der Charakter des Unheimlichen, der Tarotkarten manchmal anhaftet, dürfte von einigen Karten der Großen Arkana herrühren.

Die Großen Arkana sind die Schicksalskarten des Tarot. Sie spiegeln unser Seelenleben, unsere Gedanken und Gefühle wider, die uns auf unserem Lebensweg begleiten.

- Der **Narr** schickt uns auf den Weg in das Unbekannte.
- Der **Magier** zeigt uns, dass wir uns auf uns selbst verlassen können, wenn wir den Mut dazu haben.
- Die **Hohe Priesterin** weist uns darauf hin, dass wir auf unser Unterbewusstsein hören sollten.
- Die **Herrscherin** schickt uns Kreativität und Ideenreichtum.
- Zusammen mit dem **Herrscher** setzen wir diese Ideen in die Realität um.
- Der **Hierophant** ist der Ratgeber.
- Die Karte der **Liebenden** weist uns auf eine gut getroffene Entscheidung hin.
- Der **Wagen** zeigt uns dass wir unser Leben in Harmonie führen können.
- Die **Kraft** lehrt uns, dass wir innere Stärke besitzen, die uns zur Verfügung steht, wenn wir sie suchen.
- Der **Eremit** erinnert uns an unsere innere Stimme, die uns oft weise Ratschläge erteilt, sofern wir sie hören wollen.
- Das **Rad des Schicksals** zeigt, dass wir unserem Leben eine positive Wendung geben können.
- Die **Gerechtigkeit** ist das Symbol für kühles, unvoreingenommenes Denken, das für unsere Lebensentscheidungen wesentlich sein sollte.
- Der **Gehängte** sagt uns, dass uns Opfer abverlangt werden, um Ziele zu erreichen.
- Mit dem **Tod** beginnt ein neues erfolgreiches Leben.
- Die **Mäßigkeit** weist uns darauf hin, dass wir mit Bedacht und Mitgefühl unser Leben meistern können.
- Unser Leben gelingt uns nur, falls uns der **Teufel** und damit die Angst nicht unnötig aufhält.
- Der **Turm** zwingt uns, diese Angst zu besiegen und uns auf Neues einzulassen.

- Der **Stern** beschwört uns, nie die Hoffnung aufzugeben.
- Der **Mond** repräsentiert die unbewussten, oft gefürchteten geheimnisvollen Kräfte, die uns gefangen halten können.
- Der Mond verliert an Einfluss, wenn die **Sonne** die unbewussten Kräfte mit neuem Glanz und positivem Denken an den hellen Tag bringt.
- Das **Gericht** befreit uns von Altem, nicht mehr Nützlichem.
- Die **Welt** zeigt an, dass wir einen Kreis geschlossen haben, ehe wir uns als Narren wieder auf einen neuen Weg begeben.

Im Buddhismus heißt es, der Weg ist das Ziel, und diese Philosophie wird in den Großen Arkana repräsentiert.

Man kann über die Tarotkarten auch Auskunft über die Einstellung anderer Personen erhalten, selbst wenn diese nicht anwesend sind.

Lesen des Partnerschaftstarots

In den meisten Fällen werden Karten für eine anwesende Person gelegt, die eine Frage stellt. Die Deutungen und Antworten der Karten beziehen sich dann auf diese Person. Bei Partnerschaften ist es aber genauso aufschlussreich zu erforschen, wie der Partner denkt, fühlt oder wie er die Partnerschaft sieht.

Sie können die Karten auch vor sich ausbreiten, sie einige Minuten lang ansehen und sich die Karte herausnehmen, die Ihre größte Aufmerksamkeit auf sich zieht.

Das Sechs-Karten-System

Vor Jahren begann ich an die Karten Fragen nach Motivation und Ansicht von Personen zu stellen, die selbst nicht anwesend waren. Speziell für diese Art der Fragestellung habe ich ein Sechs-Karten-System entworfen, das sich als sehr aussagekräftig erwiesen hat (siehe Seite 114). Es sagt kein Endergebnis voraus, zeigt aber je nach Fragestellung auf, wie er oder sie eine Partnerschaft, Ehe oder Liebelei wirklich betrachtet. Deshalb ist mit dieser Methode auch die Frage: »Liebt er mich?« zu beantworten. Wenn Fragen über eine abwesende Person gestellt werden, sollte derjenige, der die Karten zieht, diese Person kennen. Das ist zwar nicht unbedingt Pflicht, ergibt aber meiner Meinung nach ein besseres Resultat.

Das Sechs-Karten-System ist ein informatives, übersichtliches System. Ehe Sie sich den einzelnen Deutungen im Detail zuwenden, lassen Sie zuerst die Bilder auf sich einwirken. Was erzählen sie Ihnen?

Eine Frage der Deutung

Da sich die Deutungen in diesem Buch nicht ausschließlich auf den Fragenden selbst beziehen, sondern auch die Position des Partners mit einbeziehen, sind sie in der dritten Person geschrieben. Beispielsweise wird bei der Frage »Was denkt mein Partner von mir?« als Antwort die Ansicht des abwesenden Partners dargestellt, und die Karten werden aus der Sicht des abwesenden Partners gedeutet.

Die Kartenposition

Jeder Karte des Partnerschaftstarots sind zwei Deutungen zugewiesen – einerseits eine Deutung für Karten, die in aufrechter Position fallen, andererseits eine Deutung, wenn die Karte umgekehrt fällt, d. h. wenn die aufgedeckte Karte auf dem Kopf liegt . Manche Tarotleser sehen Karten, die umgekehrt fallen, generell als sehr negativ an, diese Ansicht teile ich jedoch nicht. Meiner Meinung nach ziehen Sie die Karten, die für Sie richtig sind, unabhängig davon, ob sie richtig oder umgekehrt fallen. Sie können vor der Lesung bestimmen, ob Sie die Karten nur »richtig« oder auch umgekehrt lesen möchten. Lassen Sie sich von Ihrem

Gefühl leiten. Wenn eine Karte allerdings in einer Lesung umgekehrt aufgelegt wird, dann sollte sie auch so gelesen werden. Umgekehrt fallende Karten sind nicht mehr oder weniger negativ als Karten, die richtig gefallen sind, und sie sind auch keineswegs mit mehr »Unglück« behaftet.

Deutung der Kleinen Arkana

Die Karten der Kleinen Arkana umfassen jeweils eine allgemeine Auslegung für Liebesfragen sowie eine zusätzliche Deutung für eine feste Partnerschaft. Unter einer festen Partnerschaft verstehe ich eine Ehe oder eine Beziehung, die schon einige Jahre besteht. Dies schließt jedoch nicht aus, dass auch die allgemeinen Deutungen für eine feste Partnerschaft gelten können oder die zusätzliche Deutung auch für eine Partnerschaft, die noch nicht sehr lange andauert. Es ist deshalb sinnvoll, sich die gesamte Deutung anzusehen.

Die Deutungen der Kleinen Arkana berücksichtigen sowohl eine neue wie auch eine länger oder bereits lang bestehende Partnerschaft. Die Großen Arkana spiegeln die innere Einstellung der Partner wider. Sehen Sie sich immer die gesamte Deutung an.

Deutung der Großen Arkana

Bei den Karten der Großen Arkana wurde auf diese Zweiteilung verzichtet. Da die Großen Arkana hauptsächlich eine innere Einstellung beschreiben, ist diese für jede Form der Partnerschaft gültig. Jedoch gibt es bei einigen Karten aus dieser Gruppe eine zusätzliche Deutung für eine noch sehr junge Partnerschaft oder gerade beginnende Liebe.

Vorbereitungen zum Kartenlesen

Bevor Sie mit dem Kartenlegen beginnen, treffen Sie die Entscheidung, ob Sie die allgemein üblichen Deutungen des Rider-Waite-Decks vornehmen oder das Rider-Waite-Deck nur in Bezug auf Partnerschaft verwenden möchten, wie es dieses Buch beschreibt. Um das Tarot für Liebe und Partnerschaft zu verwenden, ist kein besonderes Ritual notwendig. Sie sollten sich nur für eine Form entscheiden und sich gedanklich darauf einstimmen.

Verliebtheit, die große Liebe oder einfach nur Lebensfreude – die Tarotkarten wissen schon lange im Voraus, welches Glück Sie erwartet.

Die richtige Frage stellen

Fragen sollten nie so gestellt werden, dass sie Ja oder Nein als Antwort verlangen. Fragen Sie etwa »Wie sieht meine Ehe aus?«, dann beantworten die Karten das Thema der Gegenwart, die Umstände, die diese Ehe belasten oder unterstützen, und liefern ein Endergebnis. Eine Frage wie: »Ist unsere Ehe glücklich?«, setzt ein Ja oder Nein voraus und sollte vermieden werden.

Die Fragestellung beim Lesen von Tarotkarten ist sehr wichtig. Tarotkarten können nicht mit »Ja« oder »Nein« antworten, da sie mit ihren Aussagen das gesamte Geschehen um die Frage aufzeigen. Sie geben Ihnen aber ein mögliches Endergebnis.

Für andere Karten lesen

Wenn Sie Tarotkarten für jemand anderen legen, dann bestimmen Sie als Leser, nach welchem Muster Sie die Karten legen möchten, und der Fragende entscheidet über die Frage, die er beantwortet haben möchte.

Innere Sammlung

Es ist vor einer Lesung – sei es für Sie selbst oder eine andere Person – zu empfehlen, sich innerlich zu sammeln. Suchen Sie sich zum Kartenlesen einen ruhigen Ort, und versuchen Sie, sich zu entspannen und ganz ruhig zu werden. Konzentrieren Sie sich auf die Frage, und ziehen Sie dann die Karten aus dem vor Ihnen fächerförmig aufgelegten Stoß.

Wenn man sich die Karten selbst legt

Leider hält sich hartnäckig das Gerücht, dass man sich Tarotkarten nicht selbst legen sollte. Es geistern Sätze umher wie: »Das bringt Unglück«, »Man erhält keine Antwort« oder »Man darf die Karten für sich selbst höchstens einmal im Jahr legen« und Ähnliches. Nach meinen jahrelangen Erfahrungen haben sich solche Aussagen niemals bewahrheitet. Es ist allerdings richtig, dass man gefühlsmäßig so in einem Problem oder einer Fragestellung gefangen sein kann, dass es schwierig ist, aufgezeigte Zusammenhänge richtig zu erkennen. Auch kann ein gewisses Wunschdenken bei der Deutung des Tarot mitspielen, durch das man dann nur zu gern geneigt ist, die Aussagen der Karten nicht zur Kenntnis zu nehmen, wenn die Antworten nicht der eigenen Vorstellung entsprechen. Eine solche Gefahr besteht immer.

Legen Sie ruhig die Karten für sich, aber denken Sie daran: Man ist oft mit der Frage gefühlsmäßig so verbunden, dass man eine Antwort vielleicht nicht sehen will. Schreiben Sie deshalb die Antwort der Karten auf, um zu einem späteren Zeitpunkt darauf zurückzukommen.

Die eigenen Probleme kennen lernen

Vor allem in Partnerschaftsfragen möchte man sich in vielen Fällen erst einmal selbst mit den eigenen Schwierigkeiten auseinander setzen, bevor man Dritte einweiht und sie mit Problemen konfrontiert. Das Lesen der Tarotkarten bietet einen sehr guten Ausweg. Sie können helfen und Rat geben, ohne dass man mit anderen über heikle Fragen sprechen muss. Die Tarotkarten können Ihnen aufzeigen, wie es um Ihre Partnerschaft steht oder wie es in Ihnen selbst im Zusammenhang mit dieser Partnerschaft aussieht. Da Antworten, die sich auf Partnerschaften beziehen, nicht immer erfreulich sind, und innere Ängste aufgedeckt werden können, hilft es, wenn man sich die Karten selbst legt, um über die Aussagen in Ruhe nachzudenken. Tarotkarten zeigen immer das Wesentliche einer Frage auf und das, was einen am meisten beschäftigt oder am stärksten zu Herzen geht.

Die Karten notieren

Bevor es an die eigentliche Deutung geht, noch ein Rat: Es ist zweckmäßig, sich alle gelegten Karten zu notieren. Man vergisst sehr schnell, was die Karten ausgesagt haben, und verliert dadurch Hinweise, die man später vielleicht als wichtige Bezugspunkte nutzen könnte. Vor allem wenn man emotional sehr unter Druck steht, kann es hilfreich sein, wenn man sich die Karten erst einmal aufschreibt und vielleicht erst zu einem späteren Zeitpunkt in Ruhe ansieht.
Auch kann es durchaus passieren, dass gleiche Karten in verschiedenen Lesungen immer wieder erscheinen. In einem solchen Fall versuchen die Karten uns darauf hinzuweisen, dass das aufgezeigte Thema eine besondere Rolle im gegenwärtigen Leben spielt, und man wird aufgefordert, sich mit der Aussage dieser Karte zu beschäftigen.

Sie suchen eine neue Partnerschaft, und es klappt einfach nicht. Die Karten können Ihnen Auskunft geben, inwieweit Sie sich selbst blockieren.

Ein Beispiel – neue Partnerschaft

Sie wünschen sich nach einer Trennung nichts mehr als eine neue Beziehung. Das jedenfalls ist Ihre Aussage Freunden gegenüber. Sie legen also für sich Karten mit der Frage »Wie stehen meine Chancen für eine neue Beziehung?« Auf dem Platz für Ihre innere Einstellung erscheint die Karte der Vier der Kelche. Die Vier der Kelche aber sagt aus, dass Sie eine Beziehung innerlich ablehnen. So wünschen Sie sich mit Ihrem Bewusstsein wohl eine Partnerschaft, aber in Ihrem Unterbewusstsein sind Sie noch nicht bereit dazu. Wenn eine solche Karte immer wieder erscheint, sollte man sich mit der Aussage intensiv auseinander setzen und sich fragen, warum man im tiefsten Inneren eine Partnerschaft ablehnt. Vielleicht ist es die Angst vor neuem Schmerz, oder es ist ein Freiheits- und Unabhängigkeitswunsch, den man sich nicht eingestehen möchte. Tarotkarten geben Hinweise auf solche Zwiespältigkeiten und bieten Ihnen damit die Chance, sich damit zu befassen, sich der Problemfelder bewusst zu werden und Entscheidungen mit mehr Wissen zu treffen.

Ein anderes Beispiel – Selbstzweifel

Sie legen sich Karten zu Ihrer Partnerschaft, und es erscheint wieder und wieder die Fünf der Münzen, entweder in der Karte für die innere Einstellung oder als Schlüssel- oder Verlaufskarte. Diese Karte sagt Ihnen, dass Sie eifersüchtig und von Selbstzweifeln geplagt sind. Die Tarotkarten weisen Sie darauf hin, sich dieses selbstzerstörerischen Verhaltens bewusst zu werden, und geben Ihnen damit einen Hinweis auf Ihre gegenwärtige Gefühlslage und die Chance, Ihre Situation zu verändern. Es ist keinesfalls richtig zu sagen, man habe sich seinem Schicksal zu ergeben oder man dürfe anderen die Schuld für das eigene Unglück zuschieben. Die Tarotkarten fordern Sie vielmehr durch Wiederholung gleicher Karten auf, angesprochene Probleme zu lösen.

Die Karten können Ihnen sagen, ob Sie erfolgreich eine negative Einstellung geändert haben. Durch Aufschreiben der Kartenaussagen können Sie Ihren Fortschritt überprüfen.

Ein Protokoll der Fortschritte

Wenn Sie die Ergebnisse Ihrer Kartenlesungen aufgeschrieben haben, können Sie Ihre Fortschritte zurückverfolgen. Da Tarotkarten auch Ihren Seelenzustand aufzeigen, sind sie ein guter Gradmesser, der Sie darauf hinweist, ob Sie dabei sind, sich seelisch zu erholen, oder ob Sie erfolgreich in der Lage waren, eine negative innere Einstellung zu überwinden. Sie erkennen eine Veränderung daran, dass Karten, die immer wieder erschienen sind, nicht mehr vorkommen.

Wege zur Deutung

Fühlen Sie sich den Tarotkarten niemals ausgeliefert. Tarotkarten sollten eine Hilfe, niemals jedoch eine Krücke sein. Die Gefahr, allzu sehr auf die Karten zu bauen, ist selbstverständlich vorhanden. Es ist verführerisch, Entscheidungen den Tarotkarten zu überlassen, aber das hieße, sein Leben aus der Hand zu geben. Tarotkarten können ein Wegbegleiter sein, ein unbestechlicher Ratgeber, doch die Entscheidungen, die man trifft, sollten aus der eigenen inneren Überzeugung kommen.

Jeder Wunsch, den Sie an die Karten haben, braucht eine gewisse Zeit, um in Erfüllung zu gehen. Legen Sie sich die Karten daher nicht zu oft, und lassen Sie sich Zeit, bis das Thema abgeschlossen ist.

Nichts erzwingen

Es macht keinen Sinn, den Karten Tag für Tag die gleiche Frage zu stellen, ohne genügend Zeit verstreichen zu lassen. Ungeduld bringt Sie nicht zum Ziel.

Eine andere Sache ist, dass wir uns oft etwas wünschen, was wir unbedingt erreichen möchten. Ein Beispiel: Nehmen wir einmal an, Sie haben sich verliebt. Nun stellen Sie die Frage: »Werden wir ein Paar?« Die Karten sagen Ihnen, dass Ihre Chancen nicht gut stehen, aber das war nicht die Antwort, die Sie hören wollten. Sie stellen also die gleiche Frage am nächsten Tag noch einmal und am übernächsten Tag wieder, und ganz plötzlich haben Sie die Antwort, die Sie sich so sehnlichst erhofft hatten. Nur – es verwirklicht sich nichts. Die Beziehung kommt nicht gut voran, und die Karten halten nicht, was sie scheinbar versprochen haben. Es scheint, als wäre die Energie, die für uns die Karten aussucht, des ewigen Fragens müde und gäbe uns die Antwort, die wir uns erhoffen, auch wenn sie nicht der Realität entspricht. Es ist deshalb sehr zu empfehlen, sich Karten zu einer Frage nur einmal zu legen und dann eine gewisse Zeit verstreichen zu lassen, ehe erneut gefragt wird. Dann kommt es nicht zu solchen »erzwungenen« Antworten, die sich nicht erfüllen.

So legen Sie die Karten

Es gibt verschiedene Möglichkeiten, Karten zu mischen und aufzulegen. Die Methode, die sich für mich bewährt hat, wird hier beschrieben. Es wird keine Karte als Signifikator ausgesucht. Wenn es in einer Lesung wichtig ist, den Fragenden zu beschreiben, wird die passende Karte am richtigen Platz erscheinen.

Karten für sich selbst legen

Wenn Sie die Karten für sich selbst legen, beginnen Sie wie folgt:

- Mischen Sie die Karten, solange Sie es für richtig halten.
- Drehen Sie einen Teil der Karten während des Mischens um, wenn Sie möchten.
- Breiten Sie die Karten wie einen Fächer auf dem Tisch vor sich aus, mit den Bildern nach unten.
- Ziehen Sie aus dem Fächer so viele Karten wie das Legemuster, für das Sie sich entschieden haben, erfordert. Ob Sie das mit der rechten oder der linken Hand tun, ist meiner Meinung nach nicht von Bedeutung.
- Nehmen Sie die Karten in der gleichen Richtung in die Hand, wie Sie sie gezogen haben, und drehen Sie die Karten nicht in der Hand um, denn das würde ihre Bedeutung ändern.
- Legen Sie immer die zuletzt gezogene Karte unter die vorangegangene, damit die Reihenfolge, in der Sie die Karten gezogen haben, beibehalten wird.
- Wenn Sie alle Karten, die Sie brauchen, aus dem Fächer gezogen haben, legen Sie die Karten in derselben Reihenfolge auf, d. h., die zuerst gezogene Karte kommt auf Platz Eins des Kartenmusters, für das Sie sich entschieden haben, die nächste auf Platz Zwei, die dritte auf Platz Drei usw.
- Decken Sie die Karten in Ihrer Hand auf wie die Seiten eines Buches, von rechts nach links oder von links nach rechts. Legen Sie die Karten niemals von unten nach oben oder von oben nach unten auf, das würde die Bedeutung der Karten ändern, da sie verdreht werden.

Beim Ziehen der Karten legen Sie immer eine Karte unter die andere. Beim Aufdecken der Karten beginnen Sie mit der obersten Karte und drehen die Karten um wie eine Buchseite. So werden Reihenfolge und Deutung gewahrt.

Für andere Karten legen

Auf ein paar Besonderheiten möchte ich Sie noch hinweisen, wenn Sie die Karten nicht für sich selbst, sondern für andere legen möchten:

- Achten Sie darauf, dass der Fragende Ihnen die Karten in der Reihenfolge gibt, wie er sie zieht. Sie legen dann eine Karte unter die andere.
- Vergessen Sie nicht, dem Fragenden mitzuteilen, wie viele Karten er ziehen muss.
- Ganz wichtig ist, dass die Karten in der Richtung aufgelegt werden, wie der Fragesteller sie gezogen hat. Das bedeutet, wenn Sie sich beispielsweise gegenübersitzen, dass Sie die Karten, die Sie vom Fragenden erhalten haben, in Ihrer Hand um 180 Grad drehen müssen.

Das Keltische Kreuz gibt Ihnen einen Zeitrahmen, auf den sich die Frage beschränkt, auch wenn Sie keine bestimmte Zeit vorgegeben haben. Sie können die Karten jedoch auch nach jedem beliebigen Zeitraum befragen.

Der zeitliche Rahmen der Aussage im Keltischen Kreuz

Sie können den Zeitraum Ihrer Frage einschränken, indem Sie beispielsweise fragen: »Wie wird sich meine Partnerschaft in den nächsten drei Monaten entwickeln?« Einen solchen Zeitrahmen kann man für jedes Kartenmuster setzen.

Im Keltischen Kreuz beträgt der Zeitraum, für den eine Lesung gelten soll, normalerweise nicht mehr als ein Jahr. Wenn Sie jedoch eine allgemeine Frage stellen, etwa »Wie wird sich unsere Partnerschaft entwickeln?« (siehe Beispiel, Seite 122), dann gibt es dafür andere Zeichen, in welchem zeitlichen Rahmen sich diese Frage bewegen wird. Es sind die Karten der Kleinen Arkana, die diese Hinweise geben: Die numerierten Karten der Stäbe symbolisieren Wochen, die nummerierten Schwerter-Karten Monate. Die Kelche repräsentieren Tage, aber nur dann, wenn sie neben den Münze-Karten liegen. Die Münzen stehen für Jahre.

Wenn Sie das Keltische Kreuz aufgelegt haben, beginnen Sie bei der zehnten Karte und verfolgen die Karten zurück (Zehn, Neun, Acht …) und zwar so lange, bis Sie auf eine nummerierte Karte von Stäben oder Schwertern stoßen. Die Anzahl der Stäbe oder Schwerter auf der Karte gibt Ihnen den Zeitrahmen an. Diese Zeitangabe hat sich als sehr zuverlässig erwiesen.

Der zeitliche Rahmen der Aussage im Sechs-Karten-System

Auch im Sechs-Karten-System können Sie sich ganz spezifische Zeiträume setzen, wie beispielsweise: »Wie wird sich meine Beziehung im kommenden Monat entwickeln?« Dann werden vier der Karten den Verlauf dieses Monats schildern, wobei jeweils eine Karte das Thema einer Woche beschreibt (siehe Beispiel, Seite 130). Da dieses System sehr flexibel ist, kann man die Zeitfrage für jeden beliebigen Zeitraum stellen, sei es nur für einen einzigen Tag oder für sechs Monate.

Die Numerologie spielt eine wichtige Rolle in der Deutung des Tarot. Wenn Sie alle nummerierten Karten zusammenzählen, erfahren Sie die verborgene Deutung der Zahlen.

Deutung der versteckten Zahl

Wenn Sie die Karten aufgelegt haben, zählen Sie alle nummerierten Karten, auch die der Großen Arkana, zusammen. Die erhaltene Summe wird auf eine Zahl reduziert und gibt der Aussage Ihrer Lesung eine bis dahin verborgene Deutung, die in das Gesamtbild mit einbezogen werden sollte. Wenn beispielsweise die Gesamtsumme aller aufgedeckten Karten 57 ist, dann ist die Quersumme 3. Das errechnet sich wie folgt:

$$57 = 5 + 7 = 12 = 1 + 2 = 3$$

Die versteckten Zahlen haben auch eine Bedeutung:

- **Eins** steht für Neubeginn und Zielstrebigkeit, aber auch Egoismus kann damit gemeint sein.
- Die Zahl **Zwei** weist auf Gemeinsamkeit, Nachgiebigkeit und Intuition hin.
- **Drei** spricht für Spontaneität, lässt Ideenreichtum erahnen und deutet auf das Unerwartete hin.
- Die **Vier** bedeutet: Ein Ziel wird realisiert; diese Zahl hat auch mit Bodenständigkeit zu tun.

- **Fünf** spricht von Unruhe, einem Wechsel, das angestrebte Ziel ist schwer zu erreichen.
- **Sechs** beleuchtet Harmonie, Familie, Sehnsucht, aber auch Sentimentalität.
- **Sieben** deutet darauf hin, dass das Thema emotionsgeladen ist und mit viel Fingerspitzengefühl angegangen werden sollte.
- **Acht**: Organisation, kühler Verstand, auch Gefühlskälte kann damit gemeint sein.
- **Neun** steht für Verantwortung, den Wunsch, mit der Vergangenheit abzuschließen.
- **Elf** bedeutet Sensibilität, aber auch Verunsicherung, man wagt sich nicht so richtig an die Sache heran.

Sicher haben Sie bemerkt, dass eine Zahl übersprungen wurde: Die Zahl Zehn erhält die Deutung der Eins, da sie sich zu einer Eins reduziert.
Die Elf allerdings ist eine spezielle Zahl, die große Sensibilität repräsentiert und sich anders verhält als die Zahl Zwei. Aus diesem Grund wird die Zahl Elf als Doppelzahl gewertet.

Wenn Sie die Karten aufgedeckt haben, lassen Sie sie eine Weile auf sich einwirken, und hören Sie nach Innen, was diese Karten Ihnen sagen möchten.

Überblick über die Deutung

Wenn Sie die Karten auflegen, lassen Sie das Gesamtbild für eine Weile auf sich wirken. Die Bilder des Rider-Waite-Decks sind in ihrer Bildsprache sehr ausdrucksvoll, und allein durch das Betrachten der Motive kann man bereits die Gefühlstendenz der Lesung erahnen. Lassen Sie sich aber von so genannten negativen Karten nicht beängstigen.
Herrschen in den aufgedeckten Karten Schwerter vor, so läuft in dieser Partnerschaft sehr viel über den Verstand, die Gefühle werden wahrscheinlich unter Kontrolle gehalten.
Bei einer Mehrzahl von Kelchen bestimmen Emotionen diese Partnerschaft, während bei den Stäben das Lebhafte und Unerwartete im Zusammenleben gezeigt wird.
Die Münzen behandeln das Materielle und Handfeste in einer Beziehung, alles, was mit dem Konkreten zu tun hat.

Fortschritte werden sichtbar

Sind die Karten der Großen Arkana in der Überzahl, haftet der Frage etwas Schicksalhaftes an, etwas, das nicht unbedingt von dem Fragenden beeinflusst werden kann.
Die Karten der Großen Arkana zeigen auch die innere Einstellung und das, dessen man sich oft nicht wirklich bewusst ist. Diese Karten können auch auf das hinweisen, was man lernen oder ändern sollte, um für sich und seine Partnerschaft Voraussetzungen für eine erfolgreiche Zukunft zu schaffen.
Herrschen Karten der Kleinen Arkana vor, kann man eine Situation leichter selbst ändern, da diese Karten das tägliche Miteinander beschreiben.
Zahlen spielen bei den Tarotkarten wie in der Numerologie eine große Rolle. Die Deutungen der Zahlen auf den Tarotkarten korrespondieren mit den allgemein gültigen Deutungen in der Numerologie. So ist die Eins der Neuanfang, die Zwei steht für das Gemeinsame, Drei für die Kreativität, Vier für das Konkrete, Fünf für die Unruhe, Sechs für das Harmonische, Sieben für die Selbsterfahrung, Acht für das Selbstbewusstsein, Neun für Verantwortung, Ende und Neuanfang.
Auch geben Zahlen Auskunft darüber inwieweit Sie schon in der Frage oder Problematik fortgeschritten sind. Sie zeigen Ihnen, ob Sie sich am Anfang der Situation (Karten Eins bis Drei) oder in der Mitte (Karten Vier bis Sieben) befinden oder ob Sie sich dem Ende Ihres Problems nähern (Zahlen Acht bis Zehn).

Die Karten der Großen Arkana deuten oft auf etwas Schicksalhaftes hin und sind von uns nicht beeinflussbar. Manchen Weg müssen wir gehen, weil wir davor die Entscheidung dazu getroffen haben.

Das Keltische Kreuz ist nur eine Möglichkeit, die Karten zu legen. Es sagt viel über Vergangenheit, Gegenwart und Zukunft einer Partnerschaft aus.

Die Kleinen Arkana

Eine Gruppe von Karten des Tarotdecks heißt Kleine Arkana: die Kelche, die Stäbe, die Schwerter und die Münzen. Aus ihnen sind unsere heutigen Spielkarten entstanden. Aus den Stäben wurde Kreuz, aus den Schwertern Pik, aus den Kelchen entwickelte sich Herz und aus den Münzen Karo.

Kelche symbolisieren unsere Gefühlswelt, unsere Sinne und Emotionen, sie stehen für das Überschäumende, aber auch für Weltfremdheit und Idealismus. Ohne diese großen Gefühle wäre die Liebe nur halb so schön.

Die Kelche

Die Kelche erzählen die Geschichte der Gefühle in einer Partnerschaft, sie berichten von den Höhen und Tiefen einer Beziehung, dem Freud und dem Leid, das uns allen widerfährt, die wir uns auf das Abenteuer der Liebe einlassen. Ihre Mitspieler sind der Bube, der Ritter, die Königin und der König. Sie alle sind im Reich der Emotionen angesiedelt, beschreiben eine Partnerschaft über Gefühle, Träume und Phantasien wobei es auch sentimental und weltfremd zugehen kann.

As der Kelche

Allgemein: Frisch verliebt denkt man nur noch an seine neue Liebe. Das Wasser der Gefühle, das diesen Kelch zum Überlaufen bringt, erzählt von ihr. Der Kelch wird von einer Hand, die wie schwerelos erscheint, gehalten, und doch fällt er nicht. Er symbolisiert die starken Gefühle, die aus dem Nichts auftauchen, die man sich nicht erklären kann und die doch das gesamte Denken und Handeln einnehmen. Diese Liebe hält einen in Bann. Wie bei allen Assen ist dies erst der Beginn einer Beziehung.
In einer festen Partnerschaft: Das As der Kelche kann auch bedeuten, dass man sich in jemand anderen so verliebt hat, dass man sich ein Leben ohne diese Liebe nicht mehr vorstellen kann, auch wenn man sich noch in einer festen Partnerschaft befindet. Man ist bereit, seinen gegenwärtigen Partner zu verlassen, allerdings wird diese Trennung ehrlich besprochen.

Diese Karte kann jedoch auch bedeuten, dass man in seiner bestehenden Partnerschaft zur gemeinsamen Liebe, den gegenseitigen Gefühlen zurückgefunden hat. Vielleicht bestand bereits eine gewisse Gleichgültigkeit, oder man hat die Beziehung als zu selbstverständlich hingenommen. Nun hat man seine ehrliche Zuneigung für den Partner wieder entdeckt.

As der Kelche umgekehrt

Allgemein: Was man sich von einem neuen Partner erhofft hat, ist nicht eingetreten. Möglicherweise waren die Erwartungen zu unrealistisch oder zu hoch angesetzt. Vielleicht gibt man sich zu besitzergreifend und lässt dem anderen zu wenig Freiraum. Doch wenn man zu jeder Zeit wissen möchte, was der Partner denkt oder tut, erstickt die Liebe im Keim. Diese Beziehung hat wenig Chancen, sich zu entwickeln. Liebe wächst nicht in der Kontrolle, sondern kann nur mit Vertrauen gedeihen.

In einer festen Partnerschaft: Man ist hin- und hergerissen: Soll man den Partner verlassen oder nicht? Die Liebe ist abgekühlt, man kommt eher aus Pflichtbewusstsein nach Hause denn aus Freude. Man glaubt, dass der Partner den eigenen Wünschen nicht mehr gerecht wird. Wenn man sich in jemand anderen verliebt hat, dann zeigt diese Karte einen Zwiespalt der Gefühle an. Da immer noch eine gewisse Verbundenheit mit dem Partner empfunden wird, überlegt man sich, ob man nicht beides haben kann, die Sicherheit der Bindung und den Reiz der Affäre. Ein Spiel mit dem Feuer!

Menschen, die zu besitzergreifend sind, laufen Gefahr, ihre Liebe zu ersticken. Das Ergebnis ist genau das Gegenteil von dem, was sie sich erhoffen. Liebe braucht Luft zum Atmen.

Zwei der Kelche

Allgemein: Schwebend auf Wolke sieben offenbart jede Begegnung mit dem Partner ein und denselben Pulsschlag, so eins fühlt man sich mit dem Geliebten. Man verwirklicht seine Liebe wie einen romantischen Traum und hat die schnöde Wirklichkeit weit hinter sich gelassen. Man lebt nur noch für seine Liebe, in einer Welt, zu der niemandem außer dem Geliebten Zutritt gewährt wird – eine sehr intensive Liebesbeziehung.

In einer festen Partnerschaft: Der Partner wird wieder in so positivem Licht gesehen, wie er einem früher erschienen ist. Vielleicht stand bereits eine Trennung im Raum, doch jetzt hat man sich erneut auf frühere Gemeinsamkeiten besonnen und auf das, was man sich einmal bedeutet hat. Man zeigt dem Partner wieder seine Gefühle, vielleicht das erste Mal seit langer Zeit, findet die richtigen Worte, sich dem Partner mitzuteilen, und fühlt sich wie neu verliebt.

Zwei der Kelche umgekehrt

Allgemein: Obwohl man heftig verliebt ist, will der Funke bei der angeschwärmten Person nicht überspringen. Ein erstes Treffen verlief als ein Dahingeplänkel ohne ernste Absichten. Noch so emphatisch vorgetragene Gefühlserklärungen werden nicht erwidert. Man sollte vermeiden, Versprechen zu erzwingen, denn sie werden nicht eingehalten. Es gibt zu wenig Gemeinsamkeiten. **In einer festen Partnerschaft:** Die Beziehung befindet sich in einer fundamentalen Krise. Ernsthafte Unstimmigkeiten treten auf. Die positiven Gefühle füreinander sind längst entschwunden, Gleichgültigkeit und Frustration an ihre Stelle getreten. Ein Partner macht dem anderen nur mehr Vorwürfe, die Unzufriedenheit ist groß. Ohne neue liebevolle Impulse ist diese Partnerschaft der Gefahr ausgesetzt, zu zerbrechen.

Drei der Kelche: Es ist wunderschön, seine Liebe zu zelebrieren und zu feiern. Das Versprechen vom gemeinsamen Glück hängt in der Luft.

Drei der Kelche

Allgemein: Man zelebriert seine Liebe, denn alle sollen teilhaben an diesem Glück. Die ganze Welt soll wissen, wie verliebt man ist. Aber diese Liebe wirkt nicht nur nach außen, sondern sie beglückt auch die Partner: Sie haben nur noch Augen füreinander, die Welt ist in rosarotes Licht getaucht. Dies ist das Stadium der Liebe, wie man es am liebsten hat: romantisch, ohne Probleme, voller Optimismus im Hinblick auf die Zukunft und mit dem Versprechen vom künftigen gemeinsamen Glück. Und an diesem Glück dürfen viele teilhaben: Familie und Freunde werden einbezogen. Vielleicht wird eine Verlobung gefeiert.

In einer festen Partnerschaft: Möglicherweise feiert man eine Geburt, Taufe oder einen Hochzeitstag, auf jeden Fall eine Feier, die die gemeinsame Liebe nach außen hin erkennen lässt. Man empfindet tiefe Gefühle füreinander, die man durch kleine Aufmerksamkeiten, Worte oder Gesten zum Ausdruck bringt. Die Partnerschaft steht unter einem guten Stern.

Drei der Kelche umgekehrt

Allgemein: Die Erwartungen, die an die neue Liebe gestellt wurden, sind nicht eingetroffen. Von der harten Wirklichkeit eingeholt, muss man erkennen, dass es in dieser Liebe auch Gegensätze gibt, dass man nicht der absolute Mittelpunkt dieser Beziehung ist. Möglicherweise möchte man dies nicht wahrhaben und versucht krampfhaft, das »ewige Glück« aufrechtzuerhalten. Die Beziehung ist unglücklich und voller Probleme, Spannungen sind an der Tagesordnung. Keiner der Partner kann sich noch daran erinnern, wie schön es am Anfang war, an die Versprechen von gegenseitiger Liebe und Verständnis, die man sich gegeben hat, glaubt niemand mehr. Stattdessen konzentrieren sich alle Aktivitäten auf unwichtigen Kleinkram.
In einer festen Partnerschaft: Der tägliche Alltagsstress ist wichtiger geworden als die gemeinsame Liebe. Man ist der Überzeugung, dass Liebe sowieso vergeht und sich um sie zu bemühen viel zu anstrengend wäre. Nicht dass man den Partner verlassen möchte oder wirklich unglücklich ist – man ist ein Gewohnheitsmensch geworden und der Ansicht, es gibt wichtigere Dinge als das Leben zu zweit.

Ist im Alltagsstress Ihre Liebe verloren gegangen? Die Drei der Kelche umgekehrt weist Sie darauf hin, dass man den Partner nicht mehr als Liebhaber, sondern eher wie ein notwendiges Übel ansieht.

Vier der Kelche

Allgemein: Es gibt einen Menschen, der eine festere Bindung eingehen möchte, doch obwohl man an einem gemeinsamen Leben interessiert ist, hat man sich zurückgezogen, um seine Gefühle noch einmal zu überdenken. Vielleicht ist die vorangegangene Partnerschaft nicht glücklich verlaufen, und nun lehnt man ab – aus Angst, dass auch diese Beziehung nicht halten

wird, was sie verspricht. Oder weil man befürchtet, dass eine neue Liebe vorher gesteckte Ziele durcheinander bringen würde. Oder man weiß um ein Angebot der Liebe, will es aber nicht sehen. Man gibt sich distanziert, um in Ruhe nachzudenken. Auch will man sich zu nichts zwingen lassen. Man ist nicht erreichbar, weder emotionell noch praktisch. Möglicherweise ignoriert man Anrufe oder lässt die Post unbeantwortet.

Je größer das Drängen des einen Partners, umso mehr entzieht sich der andere. Wenn man selbst der Drängende ist, ist es besser aufzuhören, der Wunschpartner muss sich selbst entscheiden.

In einer festen Partnerschaft: Es findet wenig Austausch statt. Alltagsprobleme werden nicht besprochen, denn man will lieber in Ruhe gelassen werden. Vielleicht ist der berufliche Stress groß, und man will momentan nicht darüber sprechen. Je mehr einer versucht, den anderen zum Reden zu zwingen, umso mehr zieht der sich zurück. Probleme möchte man vielleicht erst einmal alleine überdenken, ehe man den Partner damit konfrontiert. Das Ganze ist ein sehr frustrierender Zustand für beide Seiten.

Bedrängt werden oder selbst zu drängen ist das Thema der Vier der Kelche. Deshalb zieht man sich zurück und ist weder durch Worte noch durch Taten zu erreichen.

Vier der Kelche umgekehrt

Allgemein: Man ist bereit, sich wieder auf eine neue Beziehung einzulassen, und hat den Mut gefunden, seine Gefühle zu zeigen und sich in das Abenteuer Liebe zu stürzen, auch auf die Gefahr hin, dass man sein Leben umstellen muss. Wenn man von einer vorangegangenen Partnerschaft sehr verletzt war und sich deswegen zurückgezogen hatte, hat man sich erholt, sich mit den Schwierigkeiten und Enttäuschungen der Vergangenheit auseinander gesetzt und eine annehmbare Lösung gefunden. Man ist davon überzeugt, dass man zukünftig in der Lage sein wird, jede Schwierigkeit zu meistern. Man fühlt sich stark und neu motiviert. Man geht mit innerer Überzeugung auf einen neuen Partner zu oder findet einen Weg, eine bereits bestehende Beziehung abwechslungsreicher zu gestalten. Man nimmt sich vor, sich in Zukunft eher auf den gesunden Menschenverstand zu verlassen und der Meinung anderer kritischer gegenüberzustehen. Das Selbstvertrauen ist gestiegen.

In einer festen Partnerschaft: Aus sich herauszugehen, über seinen Schatten zu springen, um der festgefahrenen Routine im Beziehungsalltag durch Ehrlichkeit und Gefühle wieder neuen Schwung zu geben, fällt jetzt nicht schwer. Bei ernsthaften Ehe- und Partnerschaftsproblemen signalisiert man die Bereitschaft, auch professionelle Hilfe in Anspruch zu nehmen, um sich und seinem Partner eine Chance zu geben, gemeinsam Probleme aufzuarbeiten und gegenseitiges Vertrauen neu aufzubauen.

Fünf der Kelche

Allgemein: Das gemeinsame Leben ist farblos geworden, man hat sich nichts mehr zu sagen und ist nicht bereit, weitere Anstrengungen in die alte Liebe zu investieren. Am liebsten möchte man die Partnerschaft beenden. Jede Trennung ist mit Trauer und Schmerzen verbunden, auch mit dem Schmerz, den man dem Partner zufügt, deshalb schreckt man noch vor diesem Schritt zurück. Vielleicht sind die gegensätzlichen Meinungen und Wünsche so festgefahren, dass man keinen Sinn mehr darin sieht, zusammenzubleiben. Man hat es dem Partner noch nicht mitgeteilt und zögert, denn die Kelche im Vordergrund symbolisieren die Hoffnung, dass sich die Situation von alleine löst. So steht die Trennung im Raum, ist aber noch nicht vollzogen.
Es kann auch sein, dass man einen Ortswechsel, beispielsweise aus beruflichen Gründen, angeboten bekommen hat und der Partner nicht mitgehen möchte. Man ist der Meinung, dass damit die Partnerschaft zu Ende sein wird, und trauert, denn Abschied zu nehmen fällt schwer.

Eine Partnerschaft ist festgefahren, sagt die Fünf der Kelche, und steht kurz vor dem Aus. Guter Wille und eine gemeinsame Anstrengung können diese Partnerschaft retten.

In einer festen Partnerschaft: Man denkt daran, seinen Partner zu verlassen, und die Trauer im Herzen ist sehr groß. Vielleicht sind zu viele böse Worte gefallen, oder man hat sich seit langem nichts mehr zu sagen. Man findet keinen Draht mehr zueinander und lebt nur noch nebeneinander her. Vielleicht wäre es sinnvoll, diesen Schritt noch einmal zu überdenken, denn die Kelche im Vordergrund symbolisieren, dass noch eine Möglichkeit besteht, die Beziehung zu retten, und noch nicht alles zerschlagen ist. Vielleicht könnte man jemanden finden, der beiden eine Brücke baut, sei es ein Freund oder ein professioneller Berater, der es beiden möglich macht, sich noch einmal vernünftig über die vorhandenen Schwierigkeiten zu unterhalten. Die Partnerschaft steht auf sehr unsicheren Beinen und bedarf großer gemeinsamer Anstrengungen, sonst wird sie bald beendet sein.

Die Fünf der Kelche umgekehrt zeigt, dass man sich auf seine Partnerschaft besonnen hat. Man ist bereit, aufeinander zuzugehen.

Fünf der Kelche umgekehrt

Allgemein: Man möchte seine Partnerschaft erhalten. Vielleicht ist man sich bewusst geworden, was man an seinem Partner hat und wie sehr man ihn schätzt. Man ist bereit, sich Mühe zu geben und größere Toleranz zu zeigen. Den Partner will man in Zukunft so akzeptieren, wie er ist, auch wenn es nicht immer leicht fällt. Man hat eine Lösung der anstehenden Probleme gefunden.

In einer festen Partnerschaft: Die Partnerschaft sieht positiver aus als noch vor einiger Zeit: Man ist bereit, wieder miteinander zu sprechen. Ein Neuanfang wird gewagt, doch man ist sich bewusst, dass dieser neue Anlauf auf einer sehr unsicheren Grundlage steht und dass noch viel gemeinsames Bemühen notwendig sein wird, um ein endgültiges Scheitern zu verhindern.

Sechs der Kelche

Allgemein: Diese Karte verheißt emotionales Glück und Zufriedenheit. Man weiß, dass man den Partner liebt und zu ihm stehen will um seiner selbst willen. Die Liebe ist zur festen Realität geworden, die Partnerschaft verläuft harmonisch, denn die Partner verstehen sich gut, teilen gemeinsame Hobbys und Interessen. Es kann auch sein, dass eine längst vergessene Liebe aus der Vergangenheit erscheint.

In einer festen Partnerschaft: Glück und Zufriedenheit sind eingekehrt. Die Leidenschaft hat sich zu einem glücklichen, liebevollen Miteinander entwickelt, aus vergangenen Fehlern wurde gelernt, man lebt jetzt in einer dauerhaften Partnerschaft. Man weiß noch, wann man sich das erste Mal getroffen hat, und kann sich mit Freude und etwas Wehmut noch an das Hochgefühl der ersten Zeit entsinnen. Gemeinsame Aufgaben sind fair aufgeteilt.

Voll Vertrauen in die Zukunft

Sechs der Kelche umgekehrt

Allgemein: Die Vergangenheit wird nur zögernd abgestreift: Man möchte vieles beibehalten, was in einer früheren Partnerschaft gelebt wurde, es fällt schwer einzusehen, dass ein neuer Partner neue Impulse bringt und auf eigene Weise wahrgenommen werden will. Es ist unrealistisch zu glauben, dass es wieder so sein kann, wie es einmal war. Die Gefahr wächst, den gegenwärtigen Partner mit so viel Nostalgie in die Flucht zu schlagen. Die Ansprüche an den Partner sind zu hoch und zu unrealistisch.

In einer festen Partnerschaft: Hängt man vielleicht noch zu sehr an früheren Zeiten? Vielleicht kann man Mutters Kochkünste nicht vergessen und vergleicht immer wieder sein Zuhause als Kind mit dem Gemeinsamen, das jetzt Realität ist. Es ist für eine Partnerschaft nicht förderlich, wenn man zu sehr in seiner Vergangenheit schwelgt. Besser ist es zu lernen, die Vergangenheit hinter sich zu lassen und sich auf die Chancen der Gegenwart und der Zukunft zu konzentrieren.

Man will die Vergangenheit nicht loslassen, sagt die Sechs der Kelche umgekehrt. Warum ist es so schwer, sich auf eine neue Zukunft einzulassen?

Sieben der Kelche

Allgemein: Eine schwere Entscheidung steht im Raum: Will man gemeinsam leben oder lieber doch nicht? Soll man zusammenziehen oder getrennte Wohnungen behalten? Man ist hin- und hergerissen zwischen seinen Wünschen und Erwartungen und seinen Ängsten vor der Zukunft. Ist man mit dem richtigen Partner zusammen? Soll man sich wirklich so fest binden, denn schließlich gibt einem niemand die Garantie zum Glück? All dies sind Überlegungen, die angestellt werden, ohne zu einem wirklichen Ergebnis zu führen. Man steht vor einer schwer wiegenden Entscheidung, bei der man sich äußerst unsicher ist. Wird der Partner warten, bis man sich zu einer Antwort durchgerungen hat, ist auch eine der Fragen, die man sich stellt.

In einer festen Partnerschaft: Man ist sich sehr unschlüssig, was man tun möchte, wie man sich entscheiden soll. Vielleicht geht es um die Frage, ob man Kinder haben sollte oder besser nicht oder um die Entscheidung für ein weiteres Kind. Vielleicht steht man auch vor der Frage des Hausbaus mit dem Risiko, sich in einen großen Schuldenberg zu stürzen. Hier werden also Fragen der gemeinsamen Zukunft aufgeworfen, bei denen man sich noch sehr unsicher ist. Soll man alles beim Alten lassen oder lieber ein Wagnis eingehen? Vielleicht drängt der Partner, aber man selbst benötigt noch Bedenkzeit, um klar zu sehen. Man ist nicht gegen eine Veränderung, aber auch noch nicht dafür.

Die Sieben der Kelche umgekehrt verspricht neues Vertrauen in sich und seine Partnerschaft oder neue Liebe. Das Glück bekommt eine neue Chance.

Sieben der Kelche umgekehrt

Allgemein: Entschlossen, den einmal zum Ziel gesetzten Weg zu gehen, findet man vielleicht eine gemeinsame Wohnung und ist bereit, dem neuen Glück eine Chance zu geben. Alle Zweifel sind verschwunden, die Entscheidung wird mit Schwung und viel Optimismus umgesetzt. Man ist bereit zu akzeptieren, dass Geduld, Vertrauen und Beharrlichkeit notwendig sein werden, um eine Partnerschaft zur Entfaltung zu bringen.
In einer festen Partnerschaft: Man hat sich zu einer Entscheidung durchgerungen, die man mit dem Partner besprechen kann, und ist deshalb bereit, seinen Teil zum Gelingen beizutragen. Die Zeit der Unentschlossenheit ist vorbei.

Acht der Kelche

Allgemein: Das Leben in seiner jetzigen Form macht keinen Sinn mehr. In der Partnerschaft herrschen Enge und das Gefühl, eingesperrt zu sein. Man ist vom Leben enttäuscht und hat nicht das Glück gefunden, das man sich sehnlichst erhofft hatte. Auf der Suche nach neuen Wahrheiten kann es nötig sein, den Partner zurückzulassen. Jedes Leben ist im Fluss, und es gibt Zeiten, da muss und will man sich verändern, da man sonst das Gefühl bekommt, zu ersticken. Wenn diese Gefühle zu sehr unterdrückt werden, verschaffen sie sich anderweitig Luft, sei es durch Unzufriedenheit oder Krankheiten. Ein offenes, verständnisvolles Gespräch unter Partnern ist hier erforderlich.
In einer festen Partnerschaft: In der Partnerschaft hat man sich auseinander gelebt und verfolgt nicht mehr die gleichen Ziele. Es

kann sein, dass man plötzlich die Welt in einem anderen Licht betrachtet und die eigenen Erwartungen an das Leben sich verändert haben. Um sein Ziel zu erreichen, ist man bereit, alles zu riskieren. Man weiß noch nicht, wohin dieser Weg führen wird, aber man weiß, dass man ihn gehen muss. Das ist für den Partner, der zurückbleibt, natürlich sehr schwer, und es wäre unfair, einfach zu gehen, ohne seine Gründe zu nennen.
Wenn keine Trennung in Betracht kommt, dann wird das Leben anders geordnet. Alte Gewohnheiten werden aufgegeben und Veränderungen vorgenommen. Das kann ein neues Hobby bedeuten, aber auch eine neue Lebensanschauung. Das belastet eine Partnerschaft dann, wenn der andere nicht weiß, woher dieser Sinneswandel kommt.

Acht der Kelche umgekehrt

Allgemein: Man hat lange Zeit allein gelebt und bereitet sich jetzt erneut vor, sich in das Abenteuer Partnerschaft zu stürzen. Vielleicht hat man in seiner Vergangenheit den Rahmen der konventionellen Normen gesprengt und sich auch gegen den Willen anderer ein sehr individuelles Leben aufgebaut. Oder man war auf der Suche nach sich selbst und hat diese Reise jetzt abgeschlossen. Das Ergebnis dieser Suche kann sein, dass man in Zukunft mehr von sich und seinem Umfeld erwarten wird. Sicher ist allerdings auch, dass man bereit ist, sehr viel von sich in eine Partnerschaft zu investieren.

Man hat Karriere gemacht und ist jetzt bereit für eine neue Partnerschaft, sagt die Acht der Kelche umgekehrt. Man bringt mehr von sich selbst ein und ist innerlich gewachsen.

In einer festen Partnerschaft: Man hat einen Weg gefunden, sich mehr eigenen Interessen und Wünschen zu widmen. Das Gefühl, wieder Luft zu bekommen, ist schön. Trotz vieler Alltagssorgen ist man doch der Mensch geblieben, der man war, ehe einem das Leben seine Routine aufgezwungen hat. Und etwas von diesem Ich hat man sich wieder zurückgeholt. Das ist keine Abkehr von der Partnerschaft, sondern eine Befreiung, die in das gemeinsame Leben neuen Schwung und frische Ideen und Impulse bringt. Vielleicht wurde aus dem langweiligen Sesselhocker ein aktiver Freizeitsportler oder altes, eingefahrenes Denken ist überholt, und man ist bereit, auf Neues zuzugehen.

Neun der Kelche

Allgemein: Man ist vollkommen mit sich und der Welt zufrieden. Und nicht nur das – man hat den Partner gefunden, mit dem man sich wirklich versteht und mit dem man gemeinsame Interessen teilt. Man sieht die Welt durch eine rosarote Brille und schwebt mit Herzklopfen vor Glück wie auf Wolken durch den Tag. Vielleicht zelebriert man seine Liebe in schöner Zweisamkeit und in zärtlichen Nächten.

In einer festen Partnerschaft: Dies ist eine glückliche Partnerschaft. Man lebt mit seinem Partner und möglicherweise auch seiner Familie in Harmonie und Einklang. Ein großes Maß an Stabilität hat sich in der Beziehung eingestellt. Liebe und Zuneigung kommen von Herzen. All die aufgewandte Mühe, die diese Liebe vielleicht in der Vergangenheit aus Problemen geführt hat, wurde mannigfach belohnt. Das gemeinsame Leben ist voller Freude und wird von Zärtlichkeit ausgefüllt.

Neun der Kelche umgekehrt

Die Neun der Kelche umgekehrt macht darauf aufmerksam, dass man wahrscheinlich seinem Hobby mehr Zeit widmet als seinem Partner. Würde Ihr Hobby wirklich den Partner ersetzen?

Allgemein: Das Glück steht auf dem Spiel. Vielleicht nimmt man alles als zu selbstverständlich hin? Mit der Beziehung wird sehr unachtsam umgegangen. Es wäre angebracht, dem Partner mehr Beachtung und Aufmerksamkeit zu schenken und nicht zu selbstzufrieden zu sein. Vielleicht schmückt man sich mit den Federn des Partners oder lebt zu sehr durch ihn. Das könnte den Partner auf die Dauer abschrecken.

In einer festen Partnerschaft: Man sollte dem Partner mehr Aufmerksamkeit schenken, zärtlicher sein. Möglicherweise opfert man anderen Menschen zu viel Zeit, wodurch sich der Partner zurückgesetzt fühlt. Vielleicht ist man auch zu sehr von Beruf oder Hobbys in Anspruch genommen. Man betrachtet seinen Partner als selbstverständlichen Anhang, der für all diese Aktivitäten, die einem Zeit für die Zweisamkeit rauben, Verständnis haben soll. Vielleicht stürzt man sich aber auch in Ablenkungen, um der Zweisamkeit zu entgehen. In der Partnerschaft herrschen Frust und Unzufriedenheit.

Zehn der Kelche

Allgemein: Das Glück hat sich endlich eingestellt. Man hat den Partner seines Lebens gefunden und wird mit ihm seinen Traum von einer gemeinsamen Zukunft erfüllen. Zur Besiegelung der Beziehung gibt man sich das gegenseitige Versprechen der Treue, denn dies ist eine Liebe, die hält, was sie den Partnern verspricht. Die zehn Kelche stehen in einem Regenbogen, der Glück für die Zukunft verheißt. Alles stimmt zwischen den Partnern – die Hochzeitsglocken können läuten.

In einer festen Partnerschaft: Die Unterstützung und Liebe, die man sich vom Partner erhofft hat, wird einem geschenkt. Man hat viele Gemeinsamkeiten, hilft sich gegenseitig bei Problemen, sei es beruflicher oder familiärer Art, und steht sich in allen Dingen verständnisvoll zur Seite. Wenn Kinder da sind, dann werden sie gemeinsam erzogen, und man lässt sich auch nicht von ihnen gegeneinander ausspielen. Die Leidenschaft hat sich in eine tiefe, verständnisvolle Liebe gewandelt.

Die Zehn der Kelche verheißt das Glück, das man sich so sehnlichst gewünscht hat, doch umgekehrt zeigt die Karte Streit und Unstimmigkeit, eine Situation, die durch gegenseitiges Aufeinanderzugehen wieder in Glück verwandelt werden könnte.

Zehn der Kelche umgekehrt

Allgemein: Man ist nicht mehr bereit, immer nur nachzugeben, auch wenn man bislang um des lieben Friedens willen meistens eingelenkt hat. Alte Beziehungsprobleme werden jetzt öfter hervorgeholt und stehen unbewältigt im Raum. Vielleicht hat man vergessen, dass eine Partnerschaft aus zwei Menschen besteht, in der nicht nur einer den Ton angibt. Wenn eine Hochzeit geplant war, so wird sie sich nicht verwirklichen.

In einer festen Partnerschaft: Das Familienleben ist von unerfreulichen Spannungen und Zwistigkeiten bestimmt. Es gibt viel Streit und Unstimmigkeiten zwischen den Partnern. Möglicherweise ist ein Partner zu dominierend, und der andere will nicht immer nur nachgeben und ist bereit, für seine Rechte einzutreten. Es kann sein, dass Kinder die Streitereien zwischen den Eltern fördern, um ihre eigenen Interessen durchzusetzen. Versuchen Sie, inneren Abstand zu gewinnen, um die Situation der Familie mit einem kühleren Kopf zu analysieren.

Die Schwerter

Die Schwerter handeln vom mentalen Verhalten in einer Partnerschaft. Sie sind die unsichtbaren Mitspieler, die eine Partnerschaft positiv oder negativ beeinflussen. Sie repräsentieren die Gedankenwelt, die eine Beziehung zusammenhält oder trennt. Der Satz der Schwerter zeigt Ihnen, wie sehr Ihre Gedanken Ihre Liebe gestalten.

Wir denken, wir überlegen, wir machen uns unsere Vorstellungen. Aus dieser Welt der Gedanken bestimmen wir, wie wir uns und unsere Partner sehen und wie wir in unserer Partnerschaft handeln.

As der Schwerter

Allgemein: Man hat nach einer enttäuschten Liebe oder dem Ende einer Beziehung den Mut gefunden, eine neue Partnerschaft in Betracht zu ziehen. Das nach oben gerichtete Schwert trägt die Siegerkrone und symbolisiert damit, dass Schmerzen aus alten Beziehungen überwunden wurden und man nun bereit ist, sich dem Spiel der Liebe neu zuzuwenden. Dieses Mal wird man sich nicht nur von Gefühlen leiten lassen, sondern auch den Verstand einsetzen, um das gemeinsame Leben zu gestalten.

In einer festen Partnerschaft: Endlich hat man sich zusammengerauft, eventuell vorhandene Schwierigkeiten sind überwunden. Man hat sich fest vorgenommen, sich mehr auf den Partner einzustellen und auch auf seine Bedürfnisse Rücksicht zu nehmen. Ein schöner Neuanfang mit der Gewissheit, den richtigen Schritt getan zu haben.

As der Schwerter umgekehrt

Allgemein: Man kann sich von dem alten Schmerz über eine vergangene Liebe nicht trennen. Man kann nicht vergeben, sich nicht und dem ehemaligen Partner auch nicht. Dafür sind Schuldzuweisungen hoch im Kurs. Als Gefangener seiner selbst beraubt man sich der Fähigkeit zu einem Neuanfang. Um sich einen wirklichen Neubeginn zu ermöglichen, sollte man sich mit den Vorwürfen auseinander setzen und, wenn man kann, sich und dem anderen vergeben. Eine neue Liebe realisiert sich nicht.

In einer festen Partnerschaft: Es werden Machtspiele betrieben, und es wird um Vorteile gepokert. Zerstörerisches Verhalten ist hier das Hauptthema. Man versucht, dem Partner seine Meinung aufzudrängen, und lässt die des anderen nicht gelten. Man weiß alles besser und dominiert zu sehr, die Partnerschaft muss deshalb als sehr gefährdet eingestuft werden.

Die Zwei der Schwerter weist darauf hin, dass Probleme in einer Partnerschaft angesprochen werden müssen und es nicht hilfreich ist, so zu tun, als existierten sie nicht.

Zwei der Schwerter

Allgemein: Man überlegt sich, wie man mit einer neuen Partnerschaft umgehen soll und ist unschlüssig. Wie viele Gefühle soll man investieren? Man möchte über seine Zweifel nicht diskutieren, vielleicht hat man aber auch Angst, erneut verletzt zu werden, und versteckt seine Emotionen hinter Gleichgültigkeit. Man fühlt sich innerlich nicht frei und ist entschlossen, erst einmal gar nichts zu unternehmen und abzuwarten, ob der Partner die Initiative ergreift.

Vielleicht erwartet man auch, dass der neue Partner die Fehler einer vorangegangenen Partnerschaft gutmacht, ehe man sich zu einer Entscheidung durchringen kann. Man ist sich bewusst, dass dies nicht fair ist. Hinter Schweigen wird die eigene Unsicherheit versteckt, doch bleibt die Auseinandersetzung mit den eigenen Gefühlen nicht aus.

In einer festen Partnerschaft: Es liegt vieles im Argen in dieser Beziehung, aber man hat sich entschlossen, diese Wahrheiten nicht zu sehen oder auch nur darüber zu diskutieren. So spielt man den Schweigsamen in der Hoffnung, dass sich alle Probleme von selbst lösen werden, obwohl man sich bewusst ist, dass diese Schwierigkeiten angesprochen werden müssen. Es fehlt ganz einfach der Wille zur Auseinandersetzung.

Zwei der Schwerter umgekehrt

Allgemein: Mit der Bereitschaft, die dunklen Punkte und unbewältigten Probleme der Vergangenheit aufzuarbeiten, kann der Weg für eine neue Beziehung freigemacht werden. Man weiß, dass man sich sein Liebesleben selbst durch seine negative

Einstellung kaputtgemacht hat. Es ist nicht leicht, sich mit den schmerzlichen Erfahrungen der Vergangenheit auseinander zusetzen, doch man fühlt sich wie neu belebt und sieht der Zukunft optimistisch entgegen. Man ist fähig, aus seiner Vergangenheit die richtigen Schlüsse zu ziehen und daraus zu lernen.

In einer festen Partnerschaft: Entschlossen, die Probleme bei den Hörnern zu packen, hat man eine Aussprache herbeigeführt. Man geht die Angelegenheit mit kühlem Verstand an und hält seine Gefühle unter Kontrolle, ist einerseits nicht mehr bereit, sich unterzuordnen, und andererseits in der Lage, vernünftig über vorhandene Schwierigkeiten zu sprechen. Es kommt wieder Leben in eine schon festgefahrene Beziehung.

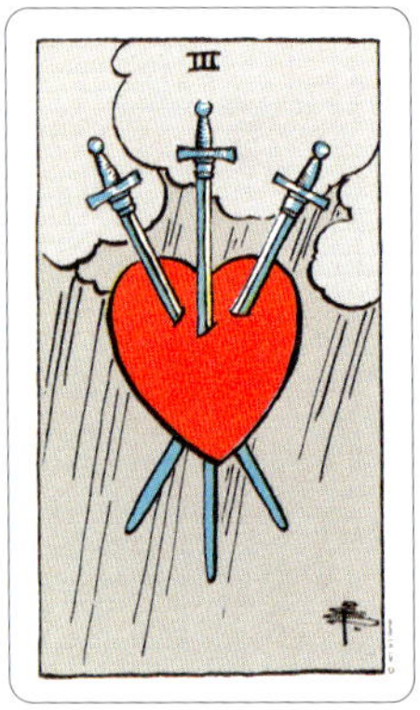

Drei der Schwerter

Allgemein: Hier gehen die Schwerter mitten durchs Herz. Man ist verliebt und wird vom Angebeteten ignoriert. Man leidet schwer unter dieser Gleichgültigkeit und fühlt sich zutiefst verletzt. Aus dem Liebeskummer führt kein Weg heraus. Vielleicht hat man sich in eine Scheinwelt geflüchtet, in der alles in Ordnung ist, um die Ablehnung zu ertragen. Es ist ein schmerzhafter Schritt der inneren Trennung notwendig, der aus dieser Umklammerung des Wünschens, Hoffens und der Illusionen befreit. Man kann keine Partnerschaft erzwingen, egal, wie verliebt man ist. Wenn man bereits in einer Partnerschaft lebt, bedeutet diese Karte auch eine Trennung von einer inneren Einstellung, die die Partnerschaft gefährdet und die sehr schwer fällt.

Die Drei der Schwerter symbolisiert einen schmerzhaften Schnitt, der manches Mal notwendig ist, um einen erfolgreichen Neuanfang zu wagen.

In einer festen Partnerschaft: Man ist nicht bereit, mit offenen Karten zu spielen. Statt eine Klärung der Situation anzustreben, verletzt man den Partner wissentlich und ohne Reue, oder man wird selbst vom Partner vorsätzlich verletzt – ein Katz- und Mausspiel in der Partnerschaft hat begonnen. Bei beiden ist die Freude am Gemeinsamen entschwunden, was geblieben ist, sind Schmerz oder Gleichgültigkeit. Man kann Opfer oder Täter sein, die Beziehung ist jedenfalls beendet. Der schmerzhafte Schritt der Trennung gibt beiden die Chance zu einem Neuanfang und zeigt einen Ausweg aus dem gemeinsamen Leid.

Drei der Schwerter umgekehrt

Allgemein: Es fällt schwer zu akzeptieren, dass eine Ablehnung oder Trennung endgültig ist, und deshalb versucht man immer noch, den Partner zurückzugewinnen, gleichgültig, wie demütigend das ist. Vielleicht versucht man es sogar mit Drohungen oder mentaler Erpressung. Doch erst wenn man bereit ist loszulassen, wird man neue Chancen bekommen.
In einer festen Partnerschaft: Trotz aller Schwierigkeiten wird die Beziehung nicht aufgegeben. Man nimmt lieber seelischen Schmerz in Kauf aus Angst, allein zu bleiben. Zwar fürchtet man sich auch vor Streit und Ärger, akzeptiert aber lieber eine gefühllose Beziehung, da man glaubt, es alleine nicht zu schaffen. Man weiß, dass dies kein guter Weg ist und dass Dauerstress und innere Anspannung auf lange Sicht zu Krankheiten führen können. Jedes Selbstwertgefühl ist verloren gegangen.

Vier der Schwerter

Allgemein: Man hat sich zurückgezogen und gibt sich Bedenkzeit. Soll man eine neue Partnerschaft eingehen oder lieber unabhängig bleiben? Man fühlt sich noch nicht ganz bereit für eine feste Beziehung und geht deshalb eher auf Distanz zum möglichen Partner. Man ist selbstständig genug, um für sich zu entscheiden, wie man leben möchte.
Vielleicht zieht man sich auch zurück, um Auseinandersetzungen aus dem Weg zu gehen. Man weiß, dass der Partner Wünsche hat, denen man sich nicht stellen will. So ist es einfacher zu schweigen. Auf diese Weise blockiert man jedes unangenehme, aber klärende Gespräch.
In einer festen Partnerschaft: Man hat sich in sich zurückgezogen. Vielleicht ist in letzter Zeit nicht alles so gelaufen, wie man es sich gewünscht hat, vielleicht hatte man zu wenig Zeit füreinander, oder man ist von Beruf und/oder Familie zu sehr eingespannt gewesen. Der Streitereien müde nimmt man sich eine Auszeit, um weiteren Konfrontationen aus dem Weg zu gehen und Kräfte zu schöpfen für kommende Auseinandersetzungen.

Die Vier der Schwerter symbolisiert auch den inneren Konflikt, wenn man darüber nachdenkt, sein freiheitliches Singleleben aufzugeben. Ist die Liebe groß genug?

Vier der Schwerter umgekehrt

Allgemein: Man hat sich entschlossen, aus dem selbst gebauten Gefängnis wieder ins Leben zu gehen, und setzt seine Pläne voller Energie, allerdings auch mit wenig Bereitschaft zu Kompromissen in die Tat um. Man hat seine Vorstellungen genau überdacht, wird in Zukunft für seine Ansichten und Wünsche kämpfen und sich den Problemen einer Partnerschaft stellen, ohne sich gleich wieder in sein Schneckenhaus zurückzuziehen, wenn es schwierig wird. Man fühlt sich in der Lage, auch einmal einen guten Streit auszufechten, um Fronten zu klären.

In einer festen Partnerschaft: Seinen Partnerschaftsproblemen stellt man sich mit der Gewissheit, dass sie lösbar sind. Man ist bereit, mehr auf die Wünsche des Partners einzugehen. Wenn es in dieser Partnerschaft Kinder gibt, verbringt man vielleicht auch einmal ein Wochenende ohne diese, um sich wieder neu kennen zu lernen. Mehr Gefühl und Verständnis für den Partner wird gezeigt.

Fünf der Schwerter

Allgemein: Man geht nicht ehrlich miteinander um: Entweder betrügt man sich gegenseitig, indem man immer noch Liebe heuchelt, obwohl man sich schon längst anderweitig orientiert hat, oder man hat Pläne gemacht, die den Partner nicht einbeziehen, und ist zu feige, es auszusprechen. Es kann auch sein, dass man eine Liebe erzwingen will, obwohl der andere kein Interesse zeigt, oder dass man mit allen Mitteln versucht, sie festzuhalten. Man schreckt auch nicht davor zurück, jemand anderem den Partner auszuspannen, man spielt Gefühlen. Oder man täuscht aus Egoismus Gefühle vor, die es nicht gibt.

Wer aus Eigeninteresse einen Partner manipuliert, ist letztendlich selbst der Verlierer. Auf einem solchen Boden kann keine Liebe wachsen und blühen.

In einer festen Partnerschaft: Die Fünf der Schwerter legt eine latente Krise offen. Man wird betrogen, oder man betrügt den Partner. Hier geht es um Unehrlichkeit auf der ganzen Linie: Man wird manipuliert, ohne dass man sich dessen bewusst ist oder dass man es sich eingestehen will. Diese Karte zeigt Erniedrigung und Hinterhältigkeit, wobei man Opfer oder Täter sein kann. Es besteht Handlungsbedarf, um dieses Muster zu durchbrechen und um diese Beziehung wieder auf eine solide Basis zu stellen. Die wichtigste Voraussetzung ist Ehrlichkeit; nur dann hat die Partnerschaft noch eine Chance.

Fünf der Schwerter umgekehrt

Allgemein: Es wird einem eingeredet, dass man unfähig ist zu handeln oder dass man im Leben nicht allein zurechtkommen wird. Man hat sein Selbstwertgefühl und Selbstvertrauen verloren und den Willen zur Tat. So bleibt man vielleicht aus Angst in einer unbefriedigenden Beziehung. Das Leben erscheint unfair und ungerecht. Wenn möglich sollte man aufhören, sich selbst zu täuschen, und seine Probleme nicht verdrängen, sondern nach Lösungen suchen. In dieser Partnerschaft spielen keine wahren Gefühle der Liebe eine Rolle, sondern nur egoistische Interessen. Man betrügt sich selbst.

Man sollte kritischer sein gegenüber dem, was man von anderen Leuten eingeredet bekommt. Hier könnten egoistische Ziele Vorrang haben.

In einer festen Partnerschaft: Das oben Gesagte gilt auch in einer festen Beziehung: Man wird manipuliert, und es besteht möglicherweise sogar die Gefahr der Gewaltanwendung.

Sechs der Schwerter

Allgemein: Mit dieser Beziehung ist Ruhe eingekehrt nach den Turbulenzen vergangener Partnerschaften. Man hat sein Leben wieder in den Griff bekommen und ist dabei, sich eine neue Zukunft aufzubauen.

Wenn man einen Partner gefunden hat, dann fühlt man sich aufgehoben und beschützt, ist ausgeglichen und mit sich zufrieden. Alle Hindernisse sind überwunden. Es kann auch sein, dass man umzieht, um ein neues Leben zu beginnen.

In einer festen Partnerschaft: Es ist Frieden eingekehrt. Man hat sich endlich ausgesprochen. Nach den Turbulenzen der Vergangenheit hat man sich wieder auf die Liebe besonnen, die einmal so wertvoll war und die unter der Last des Alltags schon fast verschwunden zu sein schien. Es kann sein, dass man eine Hochzeitsreise nachholt oder gemeinsam Ferien macht.

Sechs der Schwerter umgekehrt

Die Sechs der Schwerter umgekehrt weist auf ein Problem hin, das so viele Partnerschaften plagt: zu viel Stress und berufliche Hektik und zu wenig Zeit füreinander.

Allgemein: Der Alltag ist voller Termine und Hektik. Ein friedvolleres Leben wäre wünschenswert, doch man kann sich nicht vorstellen, dass so etwas möglich ist. Man hätte zwar ganz gerne wieder einen Partner, aber irgendwie fehlt die Zeit dazu oder auch der Wille, eine Beziehung aufzubauen. Man hat sich in seine Arbeit vergraben, von der man sich mehr verspricht als von einer lauen Partnerschaft, weil man inzwischen nicht mehr an die Liebe glaubt.
In einer festen Partnerschaft: Man weiß, dass Handlungsbedarf besteht, um anstehende Probleme zu lösen, aber man hat sich entschlossen, alles wie bisher laufen zu lassen. Die angestauten Spannungen löst dies nicht. Man ist sich zwar darüber im Klaren, wie nötig eine Aussprache wäre, doch findet sich nie der richtige Ort oder der richtige Zeitpunkt. Oder will man nie eine passende Gelegenheit finden?
Die Partnerschaft gestaltet sich nicht wirklich schwierig, doch es bleibt das Wissen, dass nicht alles zum Besten steht.

Sieben der Schwerter

Allgemein: Man betrügt sich möglicherweise selbst, weil man sich die Liebe eines Menschen vorgaukelt, die nur in der eigenen Phantasie existiert. Man sieht in der Freundlichkeit eines anderen mehr, als gemeint ist, und man will die Wahrheit nicht sehen. Selbstbetrug ist am Werk. Man macht einem Partner etwas vor, weil man sich Vorteile davon verspricht, oder man fällt selbst auf ein solches Verhalten herein.
Es kann auch wirtschaftlicher Betrug eine Rolle spielen. Man sollte seinen Geldbeutel nicht zu schnell und zu großzügig öffnen und ein gesundes Misstrauen an den Tag legen.
In einer festen Partnerschaft: Den Partner möchte man psychisch manipulieren, um die eigene Machtposition zu behalten. Auch hier kann es um Betrug in Geldsachen und anderen materiellen Dingen gehen. Wenn man in Scheidung lebt oder sich getrennt hat, dann wird versucht, den anderen über den Tisch zu

ziehen. Es ist ratsam, sehr wachsam zu sein, sich jedes Dokument genau durchzulesen und sich möglicherweise kompetenten Rat zu holen. Es wird versucht, einem der Partner etwas wegzunehmen, wozu der andere kein Recht hat.

Sieben der Schwerter umgekehrt

Allgemein: Man hört auf, sich in der Liebe etwas vorzumachen, und stellt sich der Realität. Man lässt sich nicht länger manipulieren und steht für sich selbst und sein Verhalten ein. Wenn man unglücklich verliebt war, findet man jetzt einen Weg aus dem Liebeskummer, Schwierigkeiten, woher auch immer sie kommen, lösen sich auf. In einer bereits beendeten Partnerschaft sind die Vermögensfragen gerecht geklärt.
In einer festen Partnerschaft: Eine Entschuldigung des Partners für sein vergangenes Verhalten ist zu erwarten: Sie öffnet das Tor zu neuem Dialog. Bei dem Partner, an den die Entschuldigung gerichtet ist, ist diplomatisches Geschick gefragt. Denn auch wenn man etwas geradeheraus sagen möchte, ist es vielleicht doch der Mühe wert, seine Antworten nett zu formulieren.
Man findet einen neuen Weg zueinander. Bei einer Scheidung werden die Vermögensverhältnisse fair geregelt.

Man nimmt sein Leben wieder selbst in die Hand und löst sich aus vergangenen Schwierigkeiten und alten Verhaltensmustern. Die Sieben der Schwerter umgekehrt verheißt auch neuen Aufschwung im gemeinsamen Leben.

Acht der Schwerter

Allgemein: Man ist der festen Überzeugung, endlich den richtigen Partner gefunden zu haben, jedoch fürchtet man sich davor, die Initiative zu ergreifen. Man fühlt sich hilflos und weiß nicht, was man tun soll. Vielleicht hat man einfach Angst davor, abgewiesen zu werden. Um der möglichen Ablehnung vorzubeugen, tut man lieber gar nichts. Doch die eigene Hilflosigkeit ist nicht so groß, wie man sich einreden möchte.
In einer Partnerschaft besteht möglicherweise ein Interessenkonflikt unter den Partnern, dem beide hilflos gegenüberstehen. Man fühlt sich machtlos, ist aber nicht so schwach, wie man glaubt. Doch muss man selbst den Mut finden, diese Hilflosigkeit zu überwinden und Klarheit zu schaffen.

In einer festen Partnerschaft: Man kommt in dieser Beziehung nicht weiter: Jeder Streit dreht sich im Kreis immer um das gleiche Thema, sei es Geld, Sex, Beruf oder Familie. Die Partner reden stets aneinander vorbei. Die Meinungen sind festgefahren, und man sieht keinen Weg aus den Schwierigkeiten. Man ist jedoch nicht so hilflos, wie es erscheinen mag, und hat mehr Kraft, als man sich zutraut – deshalb sollte man aufhören, sich treiben zu lassen, und einen Entschluss finden.

Acht der Schwerter umgekehrt

Allgemein: Im vielleicht selbst gewählten Abseits will man nicht länger stehen und hat sich deshalb entschlossen, die Initiative zu ergreifen und eine Entscheidung herbeizuführen. Auch möchte man nicht mehr in seinen Wunschträumen gefangen sein, sondern das Leben selbst in die Hand nehmen. Der Kontakt zum Partner seiner Träume wird hergestellt, das Leben erhält eine positive Wendung.

In einer festen Partnerschaft: Der Entschluss ist gereift, einem unbefriedigenden Zusammenleben den Kampf anzusagen. Man gibt nicht länger um des lieben Friedens willen nach, sondern tritt für eigene Rechte ein und kämpft für das Überleben der Partnerschaft. Endlich ist man wieder handlungsfähig: So leicht lässt man sich nicht unterkriegen. Jede Partnerschaft hat Probleme, aus denen sie gestärkt hervorgehen kann.

Die Acht der Schwerter zeigt die eigene vermeintliche Hilflosigkeit. Man sollte sich nicht täuschen lassen, man hat mehr Kraft und Handlungsvermögen, als man selbst wahrnimmt.

Neun der Schwerter

Allgemein: Diese Karte zeigt die Ängste an, die uns in der Liebe so plagen und die meist nur in unserem Kopf existieren. Man hat sich verliebt, es ist alles noch neu, eigentlich wunderschön, doch sorgt man sich unentwegt, ob diese Liebe erwidert wird. Vielleicht zerbricht man sich den Kopf, ob man den Partner seines Herzens nach einer heißen Liebesnacht wiedersehen wird, statt einfach die Initiative zu ergreifen. Man verbringt schlaflose Nächte und zermartert sein Gehirn mit Zweifeln und Befürchtungen, obwohl diese Sorgen müßig sind. Denn die Hoffnungslosigkeit existiert nur im Kopf, keineswegs in der Realität. Die Gefahr besteht darin, dass durch diese übertriebenen Ängste genau das herbeigeführt wird, was man befürchtet. Wir schaffen uns unsere Welt mit unseren Gedanken, deshalb sollte man seine Gedanken prüfen, damit die Furcht kein Eigenleben erhält.

In einer festen Partnerschaft: Man macht sich große Sorgen um diese Beziehung, obwohl dies nicht gerechtfertigt ist und überhaupt kein Grund dazu besteht. Vielleicht verfolgt man seinen Partner mit quälenden Eifersüchteleien und unberechtigtem Misstrauen und macht sich damit gegenseitig das Leben schwer.

Vielleicht ist der Partner oft geschäftlich sehr eingespannt und hat einen langen Arbeitstag oder ist anderweitig sehr engagiert, was der Partnerschaft und der Familie möglicherweise viel Zeit entzieht. Dies verunsichert verständlicherweise, vor allem wenn der Partner einen nicht an seinem Leben teilhaben lässt und einen wenig beachtet. Man fühlt sich ausgeschlossen, und dies schürt Ängste. Man sollte versuchen, solche Befürchtungen durch ein klärendes Gespräch abzubauen.

Neun der Schwerter umgekehrt

Allgemein: Alle früheren Ängste haben sich in Luft aufgelöst, und man weiß gar nicht mehr, warum man in der Vergangenheit so viele Nächte schlaflos mit Grübeleien verbracht hat. Möglicherweise hat sich eine neue Liebe gemeldet, und man kann nicht mehr verstehen, warum man sich solche Sorgen gemacht hat. Kurz gesagt: Das Selbstvertrauen ist zurückgekehrt.

In einer festen Partnerschaft: Wenn man sich in einer Partnerschaft befindet, hat ein klärendes Gespräch stattgefunden. Jegliches Misstrauen war unangebracht. Vielleicht ist ein Partner beruflich so eingespannt gewesen, dass er am Abend viel zu müde war, um noch anzurufen oder auszugehen. Das Vertrauen in die Partnerschaft ist wieder hergestellt. Man hat sich ausgesprochen, hat Zweifel ausgeräumt und ist bereit, den anderen mehr am eigenen Alltag teilhaben zu lassen und ihn nicht mehr so auszuschließen, wie dies bisher der Fall war.

Wo vorher Angst und Ängstlichkeit geherrscht haben, sind diese jetzt bei der Neun der Schwerter umgekehrt wie fortgeblasen. Selbstvertrauen und Optimismus für die Zukunft haben sich wieder eingestellt.

Zehn der Schwerter

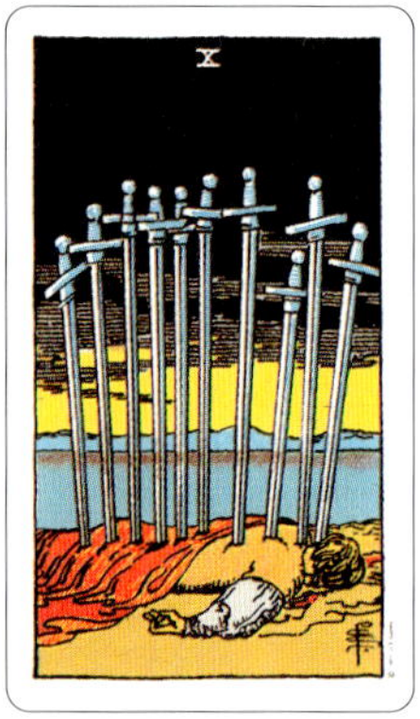

Allgemein: Diese Karte sieht auf den ersten Blick tödlich verwundet aus, und so empfindet man immer noch die negativen Erfahrungen, die man in der Vergangenheit gemacht hat: Schwere Zeiten waren das, und möglicherweise musste eine Trennung verkraftet werden. Diese Vergangenheit ist noch nicht bewältigt, und man ist innerlich noch so verletzt, dass man sich nicht in der Lage fühlt, neu anzufangen.

Man hat der Liebe Adieu gesagt. Doch wenn man sich nicht selbst zerstören möchte, dann muss man lernen, der Vergangenheit und sich selbst zu vergeben. Man sollte erkennen, dass diese Vergangenheit ein Teil des Lebens geworden ist und man auch an Erfahrungen gewonnen hat, die positiv für die Zukunft genutzt werden können. Wenn man die Karte genauer betrachtet, sieht man den Horizont, der hell in der Ferne das Versprechen eines neuen Tages zeigt: Für jeden gibt es einen Neuanfang, wenn man loslassen kann, auch wenn man es als unmöglich empfindet. Vielleicht hilft eine professionelle Beratung, um sich aus dem seelischen Leid zu befreien, vielleicht aber auch eine vertraute Person. Doch man muss auch selbst bereit sein, sich zu helfen.

In einer festen Partnerschaft: Man fühlt sich belogen und betrogen. Die Trennung vom Partner war hart und schmerzhaft. Zurückgeblieben sind viel Bitterkeit und Schuldzuweisungen. Doch auch hier verspricht der helle Streifen am Firmament einen Neuanfang. Ein Ende ist immer auch ein Anfang, den man selbst positiv gestalten kann, wenn man es zulässt.

Die Zehn der Schwerter weist deutlich darauf hin, dass man seine Vergangenheit aufarbeiten und nicht wie ein schweres Paket immer mit sich herumtragen sollte. Ein Neuanfang ist immer möglich, verlieren Sie deshalb nie die Hoffnung.

Zehn der Schwerter umgekehrt

Allgemein: Man weiß, dass man leidet und dass es sinnlos ist, doch man benimmt sich wie ein Masochist, der immer wieder für seine Tracht Prügel zurückkommt.

Man möchte unbedingt diesen Partner, egal, wie schlecht man behandelt wird. Wie ein Bumerang kommt man immer wieder zu ihm zurück, nur um sich die nächste Erniedrigung zu holen. Man sucht verzweifelt die Bestätigung, dass man als Person etwas wert ist, und kann nicht mehr erkennen, dass dies der falsche Weg ist, um Bestätigung zu erhalten. Denn genau sie wird mit schöner Konsequenz entzogen, damit der Partner an Macht gewinnt. Solange man zulässt, so erniedrigt zu werden, wird man einen solchen Missbrauch auch nicht aufhalten.

In einer festen Partnerschaft: Man versucht, einen Partner mit aller Macht festzuhalten, obwohl man weiß, dass diese Partnerschaft nicht besser werden wird. Zu viele Versuche sind bereits unternommen worden, um die Beziehung zu retten: Sie ist zerstörerisch und hoffnungslos. Aber auch die Familie, so man sie hat, leidet. Möglicherweise könnten Kinder die Kraft geben, aus dem seelischen Sumpf herauszukommen. Man weiß, dass dieses Leid auch durch die eigene Unentschlossenheit geschaffen wurde. Der helle Strich mit dem Versprechen des Sonnenaufgangs ist immer noch vorhanden. Man sollte nie die Hoffnung auf ein besseres Leben verlieren oder das Vertrauen aufgeben, dass man sein Leben meistern kann.

Eine Partnerschaft lebt vom Spontanen, den unerwarteten Freuden, die man sich gegenseitig macht. Die Stäbe repräsentieren diese Seite der Partnerschaft und ihre Kreativität.

Die Stäbe

Die Stäbe beschäftigen sich in Liebe und Partnerschaft mit der Kreativität, dem Spontanen und dem Wechselhaften. Die Stäbe gehören zu dem Element des Feuers, das sich immer während wandelt und alles, was es berührt, mit Enthusiasmus beflügelt. Dieses Feuer ist kreativ und luftig, bestimmt von Ideen und Plänen. Nicht alle Ideen sind praktisch umsetzbar, aber es macht Spaß, länger zu experimentieren und Neues zu versuchen. Sie sehen das Leben als Herausforderung, das gelebt werden muss, ohne immer nur das Praktikable und Nützliche im Sinn zu haben. Die Stäbe beschreiben auch Taten und Geschäfte, beispielsweise wie Beruf und der tägliche Stress des Alltags das gemeinsame Leben beeinflussen. Menschen, die in den Stäben beschrieben werden, sehen ihre neue oder bereits länger existierende Partnerschaft eher als Abenteuer oder als Herausforderung an und sind nicht unbedingt von Sentimentalität geprägt. Sie sind voller Lebensfreude, aber auch bereit, um ihr Glück zu kämpfen.

As der Stäbe

Allgemein: Man hat Feuer im Blick und ist leidenschaftlich entflammt. Voller Enthusiasmus stürzt man sich in das Versprechen einer neuen Beziehung und wünscht sich nichts mehr, als dass diese Liebe erwidert wird.
Das Grün, das diesem Stab entspringt, deutet darauf hin, dass man zuversichtlich sein kann. Möglicherweise entwickelt man sehr viel Kreativität, um den anderen von seiner Ernsthaftigkeit zu überzeugen. Dies ist der Beginn einer Liebe oder Leidenschaft, die von mehr als nur von Gefühlen diktiert wird. Hier spielen auch andere Kriterien eine Rolle: ähnliche Ansichten von der Freizeitgestaltung etwa, gemeinsame Neigungen oder die gleichen Vorstellungen vom Leben. Diese Liebesbeziehung hat alle Chancen, in eine dauerhafte Beziehung zu münden.
In einer festen Partnerschaft: Man hat die Absicht, in die Beziehung mehr Leidenschaft, Schwung und Gefühle als bisher zu investieren. Vielleicht hat man sich entschlossen, wieder mehr gemeinsame Hobbys zu betreiben oder öfter zusammen auszugehen. Gemeinsame Interessen, das Miteinander rückt wieder mehr in den Vordergrund der Partnerschaft. Vielleicht geht man auch ein Projekt an, in dem sich beide einbringen können, oder steht vor einer neuen beruflichen Möglichkeit, die auch die Partnerschaft positiv beeinflussen wird.

Ungeduld und zu starkes Wollen verschrecken eine neue Liebe eher als sie anzuziehen. Üben Sie sich in mehr Geduld, darauf weist das As der Stäbe umgekehrt.

As der Stäbe umgekehrt

Allgemein: Es wird zu schnell und zu ungeduldig an eine neue Beziehung herangegangen. Damit verschreckt man die Person, die man begehrt, mehr, als man sie gewinnt. Man sollte sich für eine neue Beziehung lieber mehr Zeit lassen, als zu ungeduldig zu sein und zu schnell zu viel zu wollen. Vielleicht liegen aber auch die gemeinsamen Interessen so weit auseinander, dass eine Verständigung schwer fällt. Auch wenn dies im ersten Rausch der Liebe gerne ignoriert wird, so ist es doch ein wichtiger Punkt, wenn sich eine Beziehung auf einer guten Basis entwickeln soll. Der Funke springt nicht über.

In einer festen Partnerschaft: Der Wunsch, Schwung in das Zusammenleben zu bringen, ist auf keine große Gegenliebe gestoßen. Es könnte sein, dass Ihre Erwartungen zu hoch sind und damit von Ihrem Partner nicht erfüllt werden können.

Zwei der Stäbe

Allgemein: Man hat der Person seines Herzens ein Lebenszeichen von sich geschickt. Dies ist ein Wagnis, denn es ist ungewiss, wie dieser Vorstoß ankommen wird. Man weiß noch sehr wenig über den Menschen, der einen mitten ins Herz getroffen hat, nicht einmal, ob er oder sie fest gebunden ist. Aber man wird das Abenteuer wagen und ist zuversichtlich, dass es gelingt. Neue Pläne und Bindungen tragen Erfolg in sich.
In einer festen Partnerschaft: Man fühlt sich wohl in dieser Partnerschaft und ergänzt sich hervorragend, hat vielleicht auch gemeinsame berufliche Zukunftspläne. Die Karte sagt, dass der endgültige Ausgang noch nicht feststeht, dass aber genug Selbstvertrauen in die Partnerschaft vorliegt, um gemeinsame Ziele erfolgreich in Angriff zu nehmen.
Vielleicht hat man sich zu sehr von der vermeintlichen Ablehnung des Partners abschrecken lassen, ohne sicher zu sein, ob diese Ablehnung wirklich besteht. Man plagt sich mit alten ungelösten Beziehungsproblemen, die man auf einen neuen Partner überträgt. Unbewusst hat man jedes Wort des Wunschpartners auf die Waagschale gelegt und für nicht gut befunden. Man sollte sich fragen, ob diese Beurteilung gerechtfertigt ist oder ob man von dem neuen Partner eine Wiedergutmachung des Vorangegangenen erwartet hat.

Die Zwei der Stäbe umgekehrt symbolisiert die Selbstzweifel, mit denen man sich herumschlägt, ohne den Partner darauf anzusprechen. Liebt er/sie mich oder nicht?

Zwei der Stäbe umgekehrt

Allgemein: Man hat sich in sein Schneckenhaus zurückgezogen und wagt keinen Vorstoß in die Gemeinsamkeit. Verunsichert bezweifelt man, dass es mit dem gewünschten Partner eine ernsthafte Beziehung geben wird. Vielleicht hat man den Kontakt sogar wegen allzu großer Selbstzweifel einschlafen lassen.

In einer festen Partnerschaft: Es haben sich ernsthafte Zweifel eingeschlichen, ob diese Partnerschaft noch passend ist. Man sieht sich mit zu vielen Unstimmigkeiten konfrontiert, ohne dass ein ernsthafter Versuch unternommen wird, die Probleme zu klären. Die Partnerschaft hat sich zu einer Zweckgemeinschaft entwickelt, in der jeder nur noch die ihm zugeordnete Rolle spielt. Wenn ehemals gemeinsame berufliche Pläne vorlagen, sind diese zumindest vorerst auf Eis gelegt. Der Partner hat es sich anders überlegt oder will vielleicht in der kritischen partnerschaftlichen Situation das Risiko nicht eingehen.
Man sollte versuchen, in einen Dialog mit dem Partner einzutreten, auch wenn dies schwierig ist, um herauszufinden, wo genau die Unstimmigkeiten oder Differenzen liegen.

Drei der Stäbe

Allgemein: Falls Zweifel am Partner oder an einer neuen Partnerschaft bestanden, so sind diese Irritationen jetzt behoben. Wenn man mit dem Wunschpartner Kontakt aufgenommen hat, erhält man eine positive Antwort. Man versteht sich hervorragend und kann gut miteinander reden. Gemeinsame Schwierigkeiten werden diskutiert, und es gelingt, Lösungen für Probleme zu finden. Es bestehen sehr viele gemeinsame Interessen.
In einer festen Partnerschaft: Man ist bereit, gemeinsam Auswege zu finden, wenn es einmal schwierig wird. Jeder drückt seinen Standpunkt klar aus, ohne verletzend zu sein, und ist ein guter Diskussionspartner, der auch die Meinung anderer Familienmitglieder anhört und gelten lässt. Wenn es um berufliche Fragen geht, ist eine positive Antwort gekommen. Sie erfreut sich auch der Unterstützung des Partners.

Der Telefonanruf, der Brief oder die E-mail ist angekommen, verspricht die Drei der Stäbe. Er/sie hat sich gemeldet. Es herrscht gegenseitiges Verständnis und Entgegenkommen.

Drei der Stäbe umgekehrt

Allgemein: In einer Partnerschaft ist die Kommunikationsbereitschaft auf den Nullpunkt gesunken. Man gibt oder erhält nur nichts sagende Antworten, kein Thema wird ernsthaft angegangen. Falls es zu Streit kommt, weigert man sich, einzulenken

oder auch nur, den anderen in Ruhe anzuhören. Vielleicht hofft man insgeheim, so dem Partner eine Lektion zu erteilen. Ein riskantes Spiel, bei dem man sich die Finger verbrennen kann.
In einer festen Partnerschaft: Der anfängliche Schwung und der Enthusiasmus sind verflogen, und man findet keinen gemeinsamen Kommunikationspunkt mehr. Ständig redet man aneinander vorbei. Es wird kaum mehr an einem gemeinsamen Strang gezogen, jeder will seine Pläne für sich allein verwirklichen, ohne den Partner mit einzubeziehen. Statt Verständigung herrscht eher die Devise: »Entweder du machst mit, wie ich es will, oder du wirst ausgeschlossen«. Möglicherweise finden gar keine Gespräche statt, herrscht eisiges Schweigen. Jeder beharrt darauf, seinen Standpunkt in jedem Fall durchzusetzen. Die Partnerschaft leidet darunter, und es wäre wichtig, sich klar darüber zu werden, wie viel einem diese Partnerschaft noch bedeutet.

Vier der Stäbe

Allgemein: Man hat einen Menschen gefunden, mit dem man sehr glücklich ist und mit dem man sich eng verbunden fühlt. Vielleicht will man mit dem Partner zusammenziehen. Die Zeit, die man miteinander verbringt, ist geprägt von Liebe, von Zärtlichkeit, auch dem Ausüben von gemeinsamen Interessen. Vielleicht geht man gerne tanzen oder teilt ein anderes Hobby miteinander. Man weiß, dies ist mehr als ein viel versprechender Anfang, man will es ernsthaft miteinander versuchen.
Eine berufliche Karriere zeigt Erfolgsaussichten, entweder durch Beförderung oder durch neue Initiativen. Alles ist darauf ausgerichtet, der Zukunft mit Optimismus entgegenzusehen.
In einer festen Partnerschaft: Man freut sich möglicherweise auf Familienzuwachs. Die Partnerschaft steht auf soliden Füßen, man kennt sich und weiß, was man voneinander zu erwarten hat. Das Zusammenspiel zwischen familiären und beruflichen Verpflichtungen läuft ausgewogen ab, und man darf ruhig auch einmal weniger gut gelaunt von einem gestressten Arbeitstag nach Hause kommen, wo einen Verständnis und Mitgefühl erwarten. Deshalb wird der Weg nach Hause gerne angetreten.

Die Vier der Stäbe verheißt gemeinsames Glück und viel Zärtlichkeit. Vielleicht steht Familienzuwachs ins Haus, auf den man sich sehr freut.

Vier der Stäbe umgekehrt

Schaffen ständige Auseinandersetzungen um jeden Handgriff im gemeinsamen Haushalt wirklich ein schönes gemeinsames Leben? Auch der, der den Kleinkrieg gewinnt, ist doch letztendlich der Verlierer. Darüber nachdenken, meint die Vier der Stäbe umgekehrt.

Allgemein: Es treten Schwierigkeiten in der Beziehung auf. Das Zusammenleben hat sich nicht so harmonisch entwickelt, wie man es sich erhofft hat. Vielleicht musste man erkennen, dass der Partner nicht den eigenen Vorstellungen entspricht, und es fällt schwer, dies zu akzeptieren. Möglicherweise versucht man, den Partner nach den eigenen Erwartungen umzumodeln. Eine solche Einstellung wird wenig Erfolg haben, denn hier wird das Unmögliche versucht.

In einer festen Partnerschaft: Es gibt immer wieder Differenzen, die zu einem immer währenden Kleinkrieg führen. Die Anlässe können ganz banal und alltäglich sein: Vielleicht kann man sich über die Aufteilung der Arbeit im Haushalt nicht einigen, und einer der Partner fühlt sich deshalb ausgenutzt und überfordert. Es kann aber auch Unstimmigkeiten bei der Freizeitgestaltung geben, über die man sich nicht verständigen kann, weil keiner nachgeben möchte. Man sollte seine Einstellung zum gemeinsamen Geben und Nehmen überdenken. Man kann den Partner nicht nach den eigenen Wunschvorstellungen zurechtbiegen, sondern muss ihm Eigenständigkeit gewähren.

Fünf der Stäbe

Allgemein: Man versucht ganz allgemein, andere Menschen zu beeindrucken, sich wichtiger darzustellen, als man sich fühlt. In einer jungen Liebe möchte man den Starken spielen, um einen günstigen Eindruck zu hinterlassen. In einer Partnerschaft versucht man, sich eine Vormachtstellung zu verschaffen. Vielleicht glaubt man, dass man Schwäche zeigt, wenn man die Meinung des Partners gelten lässt und sich auf ihn einlässt. Es fällt schwer nachzugeben, aus Angst, sich etwas zu vergeben.

In einer festen Partnerschaft: Es gibt Streit, immer wieder Streit. Um den Partner zu zermürben, werden ständig Konflikte heraufbeschworen, obwohl es eigentlich um gar nichts Wichtiges geht. Man stellt Ansprüche, die auf wenig Gegenliebe stoßen, aus dem einzigen Grund, dass man glaubt, einer muss das Sagen haben,

Die Hochzeitsglocken können läuten

und das ist man selbst. Dieses Verhalten zeigt eine engstirnige Einstellung, die zu Problemen führen muss. Das Zusammenleben ist von Unstimmigkeiten geprägt.

Jeder Partner hat das Recht auf Selbstbestimmung, darauf weist die Fünf der Stäbe umgekehrt hin, die man jedoch bei seinem Partner nicht gelten lassen will. Das macht das Zusammenleben nicht sehr glücklich.

Fünf der Stäbe umgekehrt

Allgemein: Man ist nicht fair im Umgang mit dem Partner. Es wird mit unlauteren Mitteln gekämpft, mit emotionaler Erpressung etwa oder mit hinterhältiger Taktik. Alles ist erlaubt, um das eigene Ziel zu erreichen. Die Rechte des Partners, seinen Anspruch auf Selbstbestimmung will man nicht anerkennen. Man fühlt sich im Recht und setzt sich immer durch.
In einer festen Partnerschaft: Es geht um die Vorrangstellung in Partnerschaft und Familie, und es wird auch nicht davor zurückgeschreckt, die Kinder mit hineinzuziehen. Dies ist ein gemeines Spiel und unfair, dem Partner und den Kindern gegenüber. Jeder Mensch hat das Recht auf Selbstbestimmung, die auch einem Partner in einer Ehe zugestanden werden muss, doch man ist nicht bereit, dies einzusehen.

Sechs der Stäbe

Allgemein: Der Partner des Herzens wurde gefunden und vielleicht auch gegen harte Konkurrenz errungen. Zu dieser Partnerschaft steht man voll und ganz und ist stolz auf die Eroberung. Man ist überglücklich und sieht voller Zuversicht in die Zukunft. Schwierigkeiten gehören der Vergangenheit an. Diese Karte kann auch einen Heiratsantrag symbolisieren.

In einer festen Partnerschaft: Man ist mit sich und seiner Partnerschaft höchst zufrieden. Alles, was man sich hart erarbeitet hat, trägt jetzt Früchte. Die Streitereien der Vergangenheit sind beigelegt, und man hat zu gegenseitigem Verständnis und einer harmonischen Beziehung gefunden. Es ist auch möglich, dass Familienzuwachs gekommen ist, und man ist hocherfreut. Es ist alles gut gegangen. Vielleicht haben Kinder den Schulabschluss geschafft oder sind mündig geworden. Es ist eine Zeit, in der gesetzte Ziele erreicht wurden.

Sechs der Stäbe umgekehrt

Allgemein: Irgendwie geht nichts mehr richtig vorwärts. Das Leben mit dem Partner hat sich festgefahren und ist zu einer langweiligen Gewohnheit geworden. Es herrscht eine unerklärliche Unzufriedenheit, denn eigentlich gibt es keinen konkreten Anlass zur Klage. Alles ist wie immer – oder doch nicht? Etwas scheint zu fehlen. Vielleicht ist man sich des Partners zu sicher und gibt sich keine Mühe mehr, ist nicht bereit, Arbeit in das partnerschaftliche Leben zu investieren. Man sollte die Leidenschaft in dieser Beziehung wieder aufleben lassen. Einer muss den Anfang machen, deshalb lieber nicht warten, bis der andere den ersten Schritt tut. Vielleicht ist es dem Partner noch gar nicht aufgefallen, dass nicht mehr alles so gut wie früher läuft.
In einer festen Partnerschaft: Hier hängt der Haussegen schief. Es herrscht allgemeine Frustration, eine Unzufriedenheit mit der Lebenssituation, die erst einmal gar nichts mit der Partnerschaft zu tun hat, aber auch auf die Partnerschaft übertragen wird. Vielleicht ist die erwartete Beförderung nicht eingetreten, die Kinder haben ihren Schulabschluss nicht geschafft oder das Klassenziel nicht erreicht. Die erhofften Vorstellungen haben sich nicht verwirklicht. Wenn man bauen oder umziehen wollte, gibt es Verzögerungen. Es ist Zusammenhalt gefragt, um den angestauten Frust und die anstehenden Probleme zu lösen.

Der Beziehung mangelt es an Leidenschaft. Die Sechs der Stäbe umgekehrt fordert zu mehr Einsatz auf. Warten Sie lieber nicht darauf, dass der Partner die Initiative ergreift – selbst etwas unternehmen ist die Devise.

Sieben der Stäbe

Allgemein: Man muss sich gegen Verdächtigungen wehren, dass man den Partner hintergeht, oder man spricht selbst diese Verdächtigungen aus. Vielleicht versucht jemand, sich in die Zweisamkeit zu drängen, und verbreitet Anschuldigungen.
Wenn man berufliche Schwierigkeiten hat, vielleicht durch Mobbing oder neidische Mitarbeiter, sollte man mit seinem Partner darüber reden, da sonst die schlechte Laune oder die depressive Stimmung missverstanden werden könnte. Misstrauen oder versteckte Anschuldigungen gewinnen so an Boden und belasten das gemeinsame Leben. Besser ist es da schon, die Probleme

beim Namen zu nennen und für Klarheit zu sorgen. Wenn man um seinen Partner kämpfen muss, stehen die Chancen gut, zu gewinnen. Man sollte sich nicht von falschen Freunden oder Ratschlägen beirren lassen und auf sich vertrauen.

In einer festen Partnerschaft: Es wird Misstrauen gesät. Jemand versucht, einen Keil zwischen die Partner zu treiben. Die Verdächtigungen können von neidischen Menschen in der Umgebung ausgehen, aber auch beispielsweise von Schwiegereltern kommen, die sich in die Ehe drängen und aus eigensüchtigen Interessen Zwietracht schüren möchten. Man kann sich erfolgreich gegen einen solchen Angriff auf die Partnerschaft wehren.

Sieben der Stäbe umgekehrt

Allgemein: Wenn man sich verliebt hat, dann wird sich diese Liebe nicht erfüllen, wenn nicht mehr Initiative gezeigt wird. Zurückhaltung wird als Desinteresse verstanden. Vielleicht gibt es einen Weg, sich zu mehr Entschlusskraft durchzuringen. Die Chancen, dass diese Partnerschaft sich festigt, stehen nicht gut, sofern man nicht selbst zur Tat schreitet.

In einer festen Partnerschaft: Man weiß, dass sich jemand in die Partnerschaft einmischen will, doch man zieht sich zurück und hofft darauf, dass die Schwierigkeiten von allein verschwinden. Das wird vom Partner missverstanden, da man nicht über seine Befürchtungen spricht, sondern lieber den Anschein der Gleichgültigkeit an den Tag legt. Dritten wird es dadurch leicht, Unfrieden zwischen den Partnern zu stiften.

Die Acht der Stäbe zeigt, dass manche Menschen ohne ihre persönliche Freiheit nicht leben können. Dies macht sie zu sehr unsicheren Partnern. Der kleinste Ansatz von Eingrenzung lässt sie davonfliegen.

Acht der Stäbe

Allgemein: Die persönliche Freiheit wird verteidigt. Eigentlich ist man einer Partnerschaft gegenüber nicht abgeneigt, jedoch nur dann, wenn man sich nicht eingeengt fühlt. Der notwendige Freiraum ist lebensnotwendig, und man muss seinen eigenen Interessen auch ohne den Partner nachgehen können. Das ist natürlich für das Gelingen einer Liebesbeziehung sehr schwierig, vor allem, wenn der Partner diesen Freiheitsdrang nicht versteht.

Man sollte dem Partner erklären, dass dieses Verhalten nicht Mangel an Liebe ist, sondern dass man mit dem Gefühl, eingesperrt zu sein, nicht leben kann.

In einer festen Partnerschaft: Man kämpft immer wieder um den nötigen Freiraum, den man für sich als lebensnotwendig empfindet. Man muss außerhalb der Partnerschaft in der Lage sein, etwas Eigenes zu unternehmen. Man will nicht gegängelt werden und verträgt auch einen Zeitplan, wenn überhaupt, nur mit Schwierigkeiten. Es ist notwendig, dem Partner diese Empfindungen liebevoll auseinander zu setzen, um die Partnerschaft nicht zu gefährden. Wenn der Partner dies nicht versteht, nimmt man sich die Freiheit, auch wenn die Beziehung auseinandergeht.

Die Acht der Stäbe umgekehrt hat die Partnerschaft zum Gefängnis werden lassen, so erlebt es zumindest ein Partner. Gibt es Möglichkeiten, dem Partner mehr Freiraum zu gewähren?

Acht der Stäbe umgekehrt

Allgemein: Man hat das Gefühl, dass die Partnerschaft zu sehr einengt. Die Grenzen empfindet man als so eng gesteckt, dass man nicht damit zurechtkommen kann. Diese Art von Inbesitznahme erscheint einem unzumutbar. Die Vorzeichen für eine Liebe oder eine gemeinsame Zukunft stehen nicht gut.

In einer festen Partnerschaft: Man fühlt sich unterdrückt, und daraus erwachsen sehr viel Frust und Abneigung gegenüber dem Partner. Obwohl immer wieder versucht wird, sich mehr persönlichen Freiraum abzustecken, bleibt der Erfolg aus. Man findet keinen Weg, seinen Wünschen Gehör zu verschaffen – sie werden ignoriert und als unwichtig abgetan.

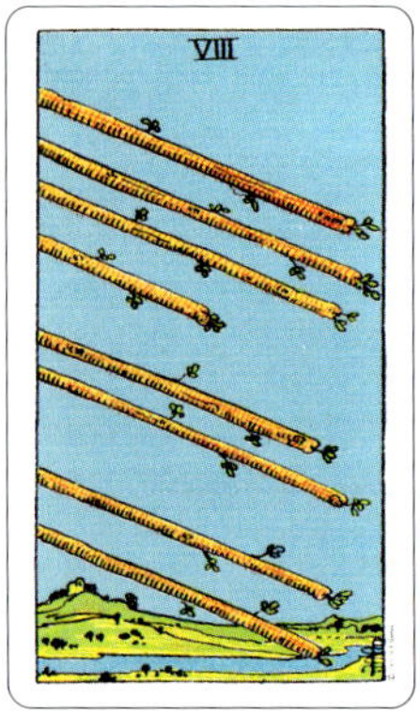

Man hat sich aber auch selbst eingrenzen lassen und ist eine Partnerschaft eingegangen in der Hoffnung, den Partner doch noch von den eigenen Bedürfnissen zu überzeugen, sobald sich die Beziehung gefestigt hat. Es wäre wichtig gewesen, von Anfang an ehrlich darüber zu sprechen und auch die Meinung des Partners zur Kenntnis zu nehmen. Man kann einen Menschen nicht verändern, sondern nur verstehen – das gilt für beide. Jetzt scheint die Sache festgefahren: Man kann keinen Ausweg erkennen, obwohl man den Partner noch sehr attraktiv findet. Die Partnerschaft erscheint mittlerweile wie ein Gefängnis.

Neun der Stäbe

Allgemein: Bei einer neuen Beziehung tauchen wieder die gleichen Probleme auf, die schon eine vorangegangene zum Scheitern gebracht haben. Die Neun der Stäbe deutet an, dass man aus früheren Erfahrungen nichts gelernt hat und alte Fehler wiederholt. Es ist möglich, dass man aus den eigenen Ängsten heraus zu große Anforderungen an den Partner stellt, die dieser nicht erfüllen kann. Vielleicht erwartet man vom Partner, dass er das Trostpflaster für vergangene leidvolle Beziehungen ist. Vielleicht sollte man seine eigene Einstellung zur Partnerschaft selbstkritisch überprüfen und analysieren, warum frühere Beziehungen gescheitert sind.

Es ist auch möglich, dass man die notwendige Rücksicht auf den Partner vermissen lässt, wenn es um die Durchsetzung eigener Interessen geht. Hier herrscht ein Missverhältnis zwischen Erwartung und Erfüllung.

In einer festen Partnerschaft: Man streitet sich immer wieder wegen der alten Probleme. Für eine Weile herrschte Frieden, doch plötzlich sind die unbewältigten Schwierigkeiten wieder aufgetaucht und warten noch immer auf eine Lösung. Man fühlt sich hilflos, denn man hatte gehofft, dass sich die Probleme von alleine regeln würden. Doch alles, was unter den Teppich gekehrt wird, kommt so lange wieder hervor, bis man bereit ist, sich damit auseinander zu setzen. Diese Karte fordert auf, dass man mit dem Partner bespricht, was einen bewegt und was an den Nerven zerrt. Wenn möglich ohne Vorwürfe, denn nur ein vernünftiges Gespräch ermöglicht es, einen Ausweg zu finden.

Die Probleme in einer Partnerschaft drehen sich im Kreis, und das gleiche Problem kommt wieder und wieder. Die Neun der Stäbe fordert auf, darüber nachzudenken, warum Erwartung und Erfüllung nicht in Einklang zu bringen sind.

Neun der Stäbe umgekehrt

Allgemein: In einer Partnerschaft will man nicht einsehen, dass man selbst mit seinen Aktionen zu den Spannungen in der Beziehung beiträgt. Beschuldigt wird immer der andere. Es herrscht große Unflexibilität, die diese Partnerschaft zum Scheitern bringen kann. Man selbst ist immer im Recht, auch wenn man vor den Scherben der eigenen Handlungen steht.

In einer festen Partnerschaft: Man ist nicht bereit, über Probleme zu sprechen oder den Versuch zu unternehmen, Konflikte zu lösen. Man fühlt sich immer im Recht – weiterer Anstrengungen im Dienste der Partnerschaft bedarf es nicht. So viel Selbstherrlichkeit führt nicht zu einer guten Gemeinschaft. Möglicherweise lebt man nur noch nebeneinander her.

Zehn der Stäbe

Allgemein: In einer noch jungen Beziehung tut man sich schwer, die Anforderungen von Beruf, Freizeit und neuer Liebe unter einen Hut zu bringen. Man fühlt sich überfordert und empfindet die Ansprüche des anderen als überzogen und unvernünftig. Man ist nicht nur gestresst und möglicherweise auch kurz angebunden, sondern erreicht auch sehr schnell den persönlichen Siedepunkt, ist voller Wut auf den Partner.

In einer festen Partnerschaft: Man fühlt sich total überfordert: Nur einer der Partner hat die Verantwortung für das gemeinsame Leben übernommen, dem anderen bleibt nichts übrig, als sich anzupassen. Man ist unzufrieden, weiß sich aber nicht zu wehren, da einem die Energie dafür ausgegangen ist. Es wäre den Versuch wert, den Partner von einer besseren Aufgabenteilung zu überzeugen. Eine andere Möglichkeit ist, dass man darauf besteht, alles selbst zu machen. Man sollte lernen, mehr zu delegieren.

Man ist überfordert von Beruf, Familie, den Ansprüchen des Partners und den Pflichten des Alltags. Eine bessere Aufgabenteilung zwischen den Partnern könnte eine Lösung sein, sagt die Zehn der Stäbe.

Zehn der Stäbe umgekehrt

Allgemein: Eine hoffnungsvolle Partnerschaft gerät in die Krise und übersteht möglicherweise den ersten Konflikt nicht. Man fühlt sich zu sehr unter Druck gesetzt und kommt damit nicht zurecht. Vielleicht ist man es selbst, der den Partner beispielsweise mit dem ständigen Verlangen nach Liebesbeweisen zu sehr bedrängt. Möglicherweise hat man sich in ein Suchtverhalten geflüchtet, sei es Essen, Alkohol oder andere Dinge. Man sollte versuchen, sich etwas zurückzunehmen, um die Partnerschaft nicht endgültig zum Scheitern zu bringen.

In einer festen Partnerschaft: Man hat das Handtuch geworfen und ist davon überzeugt, dass die Partnerschaft gescheitert ist. Eine ungerechte Rollenaufteilung hat sie fehlschlagen lassen, wobei man selbst Opfer oder Täter in dieser Partnerschaft gewesen sein kann. Sollte jedoch noch Interesse an der Liebesbeziehung bestehen, ist es jetzt unbedingt erforderlich, etwas Konstruktives zu unternehmen.

Auch das Materielle ist in einer Partnerschaft sehr wichtig. Die Übereinstimmung bei gemeinsamen bodenständigen Zielen bestimmt oft das Gelingen oder Scheitern einer Partnerschaft.

Die Münzen

Die Geschichte der Münzen befasst sich mit dem Elementaren einer Partnerschaft. Hier geht es um das Geld, um die Dinge, die man sich erarbeitet hat. Die Münzen repräsentieren die finanzielle und praktische Seite des Lebens.
Hier ist wichtig, was man sehen, fühlen, anfassen kann. Münzen bauen keine Luftschlösser, sondern solide Häuser, sie leben nicht in kreativen Höhen, sondern setzen Ideen in Realität um. Eine Partnerschaft muss Hand und Fuß haben, man will wissen, wohin die Reise mit dem Partner gehen soll und wie es aussieht, wenn man am Ziel angekommen ist. Die Liebe kommt dabei nicht zu kurz, sondern sie ist tief, echt und geradlinig.

As der Münzen

Allgemein: In einer neuen Beziehung oder Partnerschaft besitzt man die Geduld und innere Ruhe, diese langsam wachsen zu lassen. Man ist überzeugt, den richtigen Partner gefunden zu haben, und besitzt genügend Selbstbewusstsein und Selbstvertrauen, um sich nicht drängen zu lassen. Diese Liebe basiert auf gegenseitigem Vertrauen und auf Verständnis und ist nicht allein von der Leidenschaft abhängig.
In einer festen Partnerschaft: Das gemeinsame Leben steht auf einem guten Fundament. Dafür wurde hart gearbeitet, und man hat sich nun eine solide finanzielle Grundlage geschaffen. Die Partnerschaft blüht bei gegenseitiger Liebe und Vertrauen und verfügt über eine feste Basis.

As der Münzen umgekehrt

Das As der Münzen umgekehrt zeigt die Unflexibilität, von der sich manche Menschen beherrschen lassen. Spontaneität fällt sehr schwer, obwohl sie einer Partnerschaft sehr gut tun würde.

Allgemein: Die Hoffnung auf eine feste Beziehung hat sich nicht verwirklicht. Man hat das Gefühl, als würde einem der Boden unter den Füßen weggezogen, und man versteht die Welt nicht mehr. Vielleicht hat man sich zu sehr bemüht und wollte immer alles genau regeln und festlegen. Möglicherweise haben der eigene Lebensstil und die grundsätzliche Lebensauffassung nicht mit denen des Wunschpartners übereingestimmt.

In einer festen Partnerschaft: Man plant immer alles im Voraus, was möglicherweise nicht auf Gegenliebe stößt. Wahrscheinlich weiß man jetzt schon, wohin man in zwölf Monaten in Urlaub fahren wird. Es fehlt das Spontane. Die Lebensgewohnheiten sind festgefahren, und es fällt schwer, vom gewohnten Lebensstil abzuweichen. Die Liebe läuft in dieser Partnerschaft Gefahr, in der Routine zu ersticken.

Zwei der Münzen

Allgemein: Berufsleben und Partnerschaft halten sich die Waage und so ist man mit sich zufrieden. Wenn nötig, werden Kompromisse geschlossen, damit weder das eine noch das andere zu kurz kommt. Man ist in der glücklichen Lage, all dies unter einen Hut zu bringen. Als Partner ist man sehr zuverlässig, doch vielleicht manchmal zu durchschaubar. Trotz allem vergisst man über den eigenen Gefühlen für den Partner die praktische Seite des Lebens nicht. Vielleicht sollte man hin und wieder ein paar Überraschungen einstreuen und eingefahrene Wege verlassen, um neue Impulse zu geben.

In einer festen Partnerschaft: Man wird beiden gerecht, den Erfordernissen des Berufs und den Ansprüchen der Familie. Wenn das Geld knapp ist, dann werden die gemeinsamen Finanzen effektiv verwaltet.

Diese Karte repräsentiert Flexibilität in einer Partnerschaft und zeigt gleichzeitig auch, dass man sich auf die Wünsche des Partners einzustellen vermag. In dieser Partnerschaft gibt es gegenseitigen Respekt und Vertrauen.

Zwei der Münzen umgekehrt

Allgemein: Hier ist der wirtschaftliche Rang eines Partners das Wichtigste vor allen anderen Werten. Man gaukelt dem anderen Gefühle vor, die gar nicht vorhanden sind, um zu erreichen, was man will. Wahre Liebe ist nicht im Spiel, sondern das Taktieren mit den eigenen Befindlichkeiten oder auch mit den Gefühlen des Partners.

In einer festen Partnerschaft: Man hat sich zu einer Zweckgemeinschaft zusammengefunden und weiß, dass in der Partnerschaft die wirtschaftlichen Interessen im Vordergrund stehen, nicht die Gefühle füreinander. Das gemeinsame Leben ist ohne Reiz, denn man hat sich wenig zu sagen und kaum Gemeinsamkeiten, die über das Materielle hinausgehen. Möglicherweise bleibt man, weil materielle Sicherheit vor den Gefühlen rangiert. Vielleicht herrscht auch Angst vor einem selbstständigen Neuanfang vor.

Hier stehen die eigenen wirtschaftlichen Interessen im Vordergrund, Gefühle lässt man da ungern mit einfließen. Sie sind eher Mittel zum Zweck, zeigt die Zwei der Münzen umgekehrt.

Drei der Münzen

Allgemein: Man sieht der Gemeinschaft mit dem Partner optimistisch entgegen und bastelt schon fleißig an der Zukunft. Vielleicht hat man schon einen Spar- oder Bausparvertrag abgeschlossen, um das gemeinsame Leben auf eine wirtschaftlich solide Basis zu stellen. Obwohl die Drei der Münzen darauf hinweist, dass man Vertrauen in die Zukunft und in seinen Partner haben kann, sollte man nichts überstürzen, sondern erst mit dem Partner über seine Pläne sprechen. Vielleicht möchte der Partner erst die Welt kennen lernen, ehe er oder sie sich fest bindet und niederlässt. Über den eigenen Enthusiasmus sollte man die Bedürfnisse des anderen nicht aus den Augen verlieren. Es wird eine tiefe Liebe für den Partner empfunden.

In einer festen Partnerschaft: Gemeinsam wird an der Zukunft gezimmert. Vielleicht baut oder kauft man ein Haus oder eine Eigentumswohnung. Nach harter Arbeit soll die Familie nun auf einer gesicherten materiellen Grundlage stehen. Ein solches Projekt kann mit Zuversicht angegangen werden.

Drei der Münzen umgekehrt

Ein Partner hat das Heft an sich genommen und bestimmt, wie das Leben in der Partnerschaft auszusehen hat, darauf weist die Drei der Münzen umgekehrt. Es fehlen das Gespräch und das Eingehen auf den Partner.

Allgemein: Es hat sich nichts so entwickelt, wie man es sich vorgestellt hatte. Die Zukunft war bereits fest geplant, und nicht einer der Wünsche, keine Erwartungen sind Wirklichkeit geworden. Man hat versäumt, den Partner einzubeziehen – doch der lässt sich nicht verplanen. Man sollte sich mit dem Partner zusammensetzen, ehe Entscheidungen getroffen werden, um ihn nicht weiterhin auszuschließen.

In einer festen Partnerschaft: Man trifft alle Entscheidungen im Alleingang, ohne den Partner mit einzubeziehen. Es fehlen das Gespräch und der offene Umgang miteinander. Diese Partnerschaft ist deshalb sehr einseitig. Vielleicht möchte der Partner gerne wissen, wie ein Urlaubsplan, ein möglicher Umzug oder ein anderes Vorhaben für die Familie aussieht. Man sollte bedenken, dass auch der Partner seine eigenen Vorstellungen, vom gemeinsamen Leben hat, und ihn nicht vor vollendete Tatsachen stellen, sonst muss man möglicherweise erkennen, dass die Beziehung sehr unbefriedigend verläuft.

Vier der Münzen

Allgemein: In einer gerade beginnenden Partnerschaft hält man mit seinen Gefühlen hinter dem Berg, weil man erst sicher sein möchte, dass der neue Partner die Gefühle auch erwidert. Aber wie kann der Partner das, wenn er diese Gefühle nicht kennt? Das ist eine Frage, die man sich stellen sollte. So viel Verschlossenheit lässt eine Beziehung verkümmern.

Vielleicht hat man sich mit einem Partner etwas gemeinsam aufgebaut, doch jetzt sind Zweifel entstanden, die man nicht einordnen kann. Man ist nicht wirklich glücklich darüber, wie sich die Partnerschaft entwickelt hat, sieht aber auch keinen Weg, diesen Zustand zu ändern. Möglicherweise ist man zu unbeweglich und liebt seine Routine zu sehr oder nimmt die Wünsche des Partners nicht genügend wahr. Es fällt schwer, Neues zu akzeptieren oder seine Einstellung zu ändern, auch wenn es der Partnerschaft zugute käme.

Dominanz eines Partners

In einer festen Partnerschaft: Nur einer bestimmt das gemeinsame Leben und damit die gemeinsame Zukunft. Man hat die Vormachtstellung in der Partnerschaft errungen und ist nicht bereit, flexibler zu werden und auf den anderen zu hören. Trotzdem ist man nicht glücklich, irgendetwas fehlt. Wenn man nicht bereit ist, seine Gefühle zuzulassen und auch einmal ein Risiko einzugehen, wird eine Partnerschaft schal. Die Vormachtstellung eines Partners erstickt die Beziehung, und man wird trotz aller Kontrolle nicht die erwartete Liebe erhalten.

Ängste machen es einem unmöglich, mit seinem Partner offen umzugehen. So flüchtet man sich in ein dominierendes Gehabe und weist dem anderen die Schuld zu, wenn etwas nicht klappt. Die Vier der Münzen umgekehrt weist darauf hin, dass ein solches Verhalten nur Streit und Unstimmigkeiten hervorrufen kann.

Vier der Münzen umgekehrt

Allgemein: Man ist sehr besitzergreifend und will nicht aufhören zu klammern, denn man ist so verunsichert, dass man dem Partner keinen Freiraum gewähren kann. Die eigenen Ängste werden auf den Partner übertragen. Eine Partnerschaft gerät durch diese Verhaltensweise in große Schwierigkeiten.
In einer festen Partnerschaft: Man versucht mit aller Macht, dem Partner seinen Willen aufzuzwingen. Das Ergebnis sind Ablehnung und Streit, was einen nur umso mehr darin bestärkt, noch härter seinen Willen durchzusetzen. Es wäre gut, wenn man diesen Teufelskreis durchbrechen könnte. Man sollte entweder ein Gespräch suchen oder sich mit seinen Ängsten auseinander setzen. Möglicherweise ist man der Ansicht, dass dies unnötig sei, da doch der andere an allen Problemen schuld ist. Vielleicht dient diese Partnerschaft nur noch der eigenen Bequemlichkeit.

Fünf der Münzen

Allgemein: Eifersucht plagt, das Selbstvertrauen ist schwer angeschlagen, man versucht, den geliebten Menschen um jeden Preis an sich zu binden. Möglicherweise bildet man sich ein, dass der Partner einen betrügt, und will sich nicht vom Gegenteil überzeugen lassen. Man quält sich mit Selbstzweifeln und versucht, sich über den Partner Selbstvertrauen zu holen und ihn für die eigene Misere verantwortlich zu machen – ein selbstzerstörerisches Verhalten, das eine Beziehung kaputtmacht.

In einer festen Partnerschaft: Unbegründete Eifersucht zerstört alles, was bereits in einer Beziehung aufgebaut wurde. Man sollte sich fragen, warum das Selbstvertrauen fehlt, und versuchen, die Ursache zu ergründen, warum man sich so misstrauisch zeigt. Diese Partnerschaft steht auf sehr unsicheren Beinen, denn man versteckt seine Gefühle und redet nicht mehr miteinander. Eifersucht ist kein Liebesbeweis und sollte nicht als solcher betrachtet werden – Vertrauen allerdings schon.

Fünf der Münzen umgekehrt

Allgemein: Eine Partnerschaft hat dem Druck von Eifersucht und ungerechtfertigten Anschuldigungen nicht standgehalten. Man ist immer noch felsenfest davon überzeugt, dass nur dauernde Kontrolle sicherstellen kann, dass der Partner einen nicht betrügt. Man glaubt keinen Beteuerungen und sieht sich jetzt durch das Scheitern dieser Partnerschaft bestätigt. Es wird nicht eingesehen, dass die eigene misstrauische Einstellung wesentlich zum Scheitern beigetragen hat.

In einer festen Partnerschaft: Die Eifersucht ist nicht zu zügeln, der Partner wird mit Anschuldigungen und Verdächtigungen verfolgt. Man ist völlig aus den Fugen geraten. Eine Partnerschaft oder das, was man dafür hält, existiert längst nicht mehr, und auch Liebe ist in dieser Lebensgemeinschaft nicht mehr vorhanden. Eifersucht ist keine Liebe, sondern Egoismus. Sie zerstört alles, worum man hart gerungen hat.

Hier ist die Harmonie gefunden, die man sich in einer Partnerschaft sehnsüchtig erhofft. Man ist ein starker verständnis- und liebevoller Partner, sagt die Sechs der Münzen. Für ein gemeinsames Projekt stehen die Vorzeichen gut.

Sechs der Münzen

Allgemein: Die Partnerschaft verläuft sehr harmonisch, es ist, als habe man sich lange gesucht und endlich gefunden. Man schwebt wie auf Wolken, kann sein Glück kaum fassen und ist bemüht, die gemeinsam verbrachte Zeit so schön wie möglich zu gestalten. Selbstvertrauen und Stärke prägen die Persönlichkeit: Man ist wie ein Fels in der Brandung und unterstützt seinen Partner mit liebevoller Hingabe.

Aufgaben gerecht verteilen

In einer festen Partnerschaft: Man ist glücklich mit seinem Partner und dazu bereit, seinen Teil zu einem harmonischen Zusammenleben beizutragen. Es macht Freude, den Partner immer wieder mit kleinen Geschenken zu überraschen. Die gemeinsamen Finanzen stimmen, auch bei Planungen für die Zukunft. Wenn man ein Haus bauen oder einen Kredit beantragen möchte, ist jetzt ein günstiger Zeitpunkt.

Sechs der Münzen umgekehrt

Allgemein: In einer Partnerschaft ist die Rollenverteilung sehr unausgeglichen. Einer der Partner erwartet, dass alles für ihn organisiert wird, was das gemeinsame Leben anbetrifft. Der andere ist zwar bereit, viel für die Beziehung zu leisten, doch da er dafür eher Kritik als Lob erntet, auch wenn der Partner nichts Entscheidendes beigetragen hat, ist er frustriert. Dieses Verhalten nervt. Es fehlt an Anerkennung und Unterstützung.

In einer festen Partnerschaft: Man sieht sich gezwungen, ganz alleine die Verantwortung für die Partnerschaft zu übernehmen, deshalb fühlt man sich ausgenutzt. Auch wenn man sich beklagt, bleibt es ohne Ergebnis: Niemand in der Familie nimmt die Anstrengungen, die man für die anderen leistet, auch nur zur Kenntnis. Man wird es langsam leid, sich immer nur für die Familie oder den Partner aufzuarbeiten, ohne die nötige Anerkennung zu bekommen.

Vielleicht weiß der Partner sogar, dass man sich nach Bestätigung sehnt, und hält sie zurück, um seine Machtstellung nicht aufzugeben. Wenn man das ändern möchte, sollte man die eigene Einstellung überdenken und Konsequenzen aus dieser Haltung des Partners ziehen.

Die Sieben der Münzen stellt einen vor die schwierige Entscheidung, ob man seinen alten lieb gewordenen Lebensstil aufgeben soll. Vielleicht stellt sich auch die Frage, ob man seinen gewohnten Partner verlässt und sich einen neuen sucht – Unsicherheit gegen Eingefahrenes. Wie entscheiden?

Sieben der Münzen

Allgemein: Man interessiert sich für einen Menschen und ist trotzdem unsicher, ob man sich näher auf eine Partnerschaft einlassen sollte. Wenn man das Singledasein schätzt, dann fürchtet man Unruhe und Unordnung, die eine festere Bindung in den gewohnten und lieb gewonnenen Alltag bringen könnte. Möglicherweise ist noch eine andere Beziehung im Spiel, die man zunächst nicht aufgeben möchte, auch wenn das Neue reizt. Selbst wenn eine existierende Partnerschaft eingefahren ist, weiß man doch, was man an ihr hat. Es fällt schwer, Altvertrautes aufzugeben, und doch – eine Entscheidung wird fallen müssen.

Die Sieben der Münzen umgekehrt sagt, dass man bereit ist, alte Gewohnheiten aufzugeben und sich den Herausforderungen des Lebens zu stellen. Man fühlt sich wie neu geboren.

In einer festen Partnerschaft: Es stellt sich die Frage, ob die gemeinsame Beziehung noch Sinn macht. Man weiß, dass man nebeneinanderher lebt und sich nur mehr wenig zu sagen hat. Die Sicherheit, die diese Partnerschaft bietet, ist jedoch noch ein wichtiges Element. Die Angst vor dem Alleinsein lässt einen Kompromisse schließen.

Vielleicht hat man auch Angst, seine materielle Sicherheit zu verlieren, da möglicherweise keine eigene Absicherung vorhanden ist. Auch Kinder könnten eine Rolle spielen, warum man diese Partnerschaft aufrechterhalten möchte. Es ist abzuwägen, ob das Weiterleben in einer lieblosen Gemeinschaft gut ist oder ob Kinder unter solchen Bedingungen leiden.

Sieben der Münzen umgekehrt

Allgemein: Bei einer neuen Partnerschaft hat man sich für seinen Partner entschieden und ist bereit, dieser Liebe jede Chance zum Erfolg zu geben. Man hat sich entschlossen, wenn nötig alte Gewohnheiten abzulegen und den Herausforderungen des Lebens und der Liebe zu begegnen. Es herrscht sehr viel freudige Erwartung und Optimismus und das sichere Gefühl, dass diesmal alles gut verlaufen wird.

In einer festen Partnerschaft: Man ist entschlossen, neue Wege zu gehen, und macht sich bereit, sich noch einmal mit seinem Partner auseinander zu setzen, um das gemeinsames Leben ins Lot zu bringen oder, wenn es sein muss, die Partnerschaft aufzulösen. Denn man möchte sein Leben keinesfalls ohne Liebe und Zärtlichkeit verbringen. Man fühlt sich befreit, weil man sich zum Handeln entschlossen hat und auch den Willen in sich spürt, die Konsequenzen dafür zu tragen.

Acht der Münzen

Allgemein: Die Acht der Münzen verheißt nur Gutes. Möglicherweise hat man nach langem Alleinsein einen Menschen gefunden, mit dem man es wagt, eine Partnerschaft zu versuchen, obwohl man bereits die Hoffnung auf neues Glück aufgegeben hatte. Man hat genug Lebenserfahrung, um zu wissen, dass man seinen Beitrag zum Gelingen der Beziehung leisten muss. Große Umstellungen werden auf einen zukommen, doch man ist bereit, zu lernen und sich anzupassen. Nie hätte man es für möglich gehalten, sich noch einmal so zu verlieben.
In einer festen Partnerschaft: Vieles wendet sich zum Guten, in die Partnerschaft kommt frischer Wind. Vielleicht sind die Kinder aus dem Haus, und man hat jetzt wieder mehr Zeit für Liebe und Zärtlichkeiten. Die Partner entdecken sich neu. Es ist eine Phase, in der alte, festgefahrene Wege verlassen und neue eingeschlagen werden. Wenn berufliche Pläne eine Rolle spielen, dann beginnt jetzt ein neuer Lebensabschnitt.

Die Hoffnung auf eine neue Liebe hatte man schon längst aufgegeben und sich auf ein Leben allein eingestellt, doch plötzlich ist sie da. Das Leben sieht neu und viel versprechend aus.

Acht der Münzen umgekehrt

Allgemein: Von der Partnerschaft wird mehr erwartet als das unverfängliche Liebesspiel, mit dem man es gegenwärtig zu tun hat. Die Unverbindlichkeit, die diese Partnerschaft auszeichnet, ist für beide schwer erträglich, jedoch will man sich das vielleicht nicht eingestehen, um keine Konflikte heraufzubeschwören. Man nimmt diese Situation in Kauf in der Hoffnung, dass sie sich eines Tages von selbst ändern wird.
In einer festen Partnerschaft: Diese Partnerschaft verdient diesen Namen nicht unbedingt, sondern ist eher ein loses Zusammenleben. Jeder geht seiner Wege. Man ist nicht glücklich mit dieser Situation, weiß aber nicht, wie man sie ändern soll. Vielleicht ist man zu sehr in seiner Routine festgefahren, dass man sich nicht vorstellen kann, neue Wege zu beschreiten. Es ist an der Zeit, das Zusammenleben grundlegend zu überdenken und sich um mehr Gemeinsamkeiten zu bemühen. Sonst läuft die Beziehung Gefahr, sich im Unbestimmten zu verlieren.

Neun der Münzen

Allgemein: Zufriedenheit mit dem, was man im Leben erreicht hat, stellt sich ein. Man ist sehr stolz auf seine Erfolge. Das gibt innere Sicherheit, die auch eine Partnerschaft bereichert. Man genießt das Leben in vollen Zügen und fühlt sich glücklich. Es herrscht harmonisches Einverständnis mit dem Partner, mit dem man viele gemeinsame Interessen teilt.

In einer festen Partnerschaft: Partnerschaft oder Ehe stehen auf einer guten Grundlage. Das Leben hat man sich so eingerichtet, wie man es sich vorgestellt hat. Trotz harmonischer Gemeinsamkeit wird ein gewisses Maß an Selbstständigkeit bewahrt. Die eigenen Ziele werden verfolgt und auch erreicht. Man hat wesentlich zum Erfolg dieser Partnerschaft beigetragen, ohne die eigene Identität zu verlieren.

Manchmal ist man verliebt und diese Liebe wird nicht erwidert, ganz egal, wie sehr man sich bemüht. Die Neun der Münzen umgekehrt fordert Sie auf, loszulassen und nicht aufdringlich zu werden, auch wenn es schwer fällt. Man ist um eine Erfahrung reicher und macht es das nächste Mal besser.

Neun der Münzen umgekehrt

Allgemein: Eine neue Partnerschaft hat sich trotz aller Mühe und liebevoller Hingabe nicht realisiert. Man sollte loslassen und den Partner seines Herzens nicht weiter bedrängen, denn das könnte von ihm mit guten Gründen schnell als Aufdringlichkeit und Belästigung verstanden werden. Jeder hat das Recht auf eine eigene Wahl. Diese Enttäuschung sollte unter der Rubrik »Erfahrung« abgelegt werden.

In einer festen Partnerschaft: Es stimmt etwas nicht in dieser scheinbar perfekten Partnerschaft oder in dieser Familie, und man weiß nicht genau was. Mimt man vielleicht zu sehr das erfolgreiche Paar und hat sich dabei den eigenen Illusionen hingegeben? Wurden manche Probleme einfach zu lange ignoriert? Vielleicht hat die Hektik gesellschaftlicher Verpflichtungen ihre Spuren hinterlassen, und man muss jetzt feststellen, dass man sich doch nicht so gut kennt, wie man dachte. Die Partner haben sich aus den Augen verloren. Beruflicher und gesellschaftlicher Erfolg sind wichtiger geworden als die Partnerschaft, die dadurch in den Hintergrund gedrängt wurde. Es sollte versucht werden, sich wieder mehr Zeit füreinander zu nehmen.

Zehn der Münzen

Allgemein: Von einer neuen Partnerschaft ist man fasziniert und glaubt fest daran, diesmal den Partner fürs Leben gefunden zu haben. Man denkt, fühlt, träumt und sieht nur noch diesen Menschen und ist bereit, alles zu tun, um diesen Traum zu verwirklichen. Oder man ist bereit, das Zusammenleben zu legalisieren, zu heiraten. Man hätte nie für möglich gehalten, dass man eines Tages so konservativ denken würde. Es ist einem ein Anliegen geworden, sich auch offiziell zu seinem Partner zu bekennen.
In einer festen Partnerschaft: Man hat beruflichen Erfolg und ist möglicherweise auch ein guter Gastgeber, wenn die Situation es verlangt. Das gesellschaftliche Leben ist vielseitig, man steht mit beiden Beinen im Leben. Die Aufmerksamkeit und Fürsorge gilt der Familie und ihren Belangen. Man ist finanziell abgesichert und muss sich keine Sorgen um die Zukunft machen. Die Partnerschaft oder Ehe steht auf einem guten Fundament, das auf gegenseitiger Liebe und Respekt basiert.

Auch wenn man sich vorher immer geweigert hat, eine Beziehung zu legalisieren, jetzt wird es ernst. Die Zehn der Münzen symbolisiert die Bereitschaft, sich den Konventionen zu beugen, um dem Partner zu zeigen, wie sehr man ihn liebt.

Zehn der Münzen umgekehrt

Allgemein: Wenn einer der Partner heiraten möchte, so ist diese Idee nicht auf Gegenliebe gestoßen. Es ist Unsicherheit über diese Frage aufgetreten, weshalb man sich entschlossen hat, die Entscheidung hinauszuzögern. Man erhofft sich dadurch einen zeitgewinn, um sich erst einmal mit sich auseinander zu setzen, bevor man dem Partner eine endgültige Antwort gibt. Man ist noch nicht bereit zur Ehe.
In einer festen Partnerschaft: Man fühlt sich zwischen Pflichten und Aufgaben innerhalb der Familie aufgerieben. Es ist, als hätten man seine Identität verloren. Die eigenen Wünsche gehen in den Bedürfnissen und Forderungen der Familie unter, die eigenen Träume wurden allem Anschein nach in der jetzigen Situation aufgegeben – und doch hofft man, sie vielleicht eines Tages verwirklichen zu können. Man liebt seine Familie und lebt gerne in einer Gemeinschaft, doch manches von einem selbst ist dabei verloren gegangen.

Die Hofkarten

Die Hofkarten zeigen die Charakteristiken und Eigenschaften der Menschen, die uns umgeben und die in unserem Leben eine Rolle spielen. Sie zeigen aber auch unsere eigenen Charaktereigenschaften und je nach Fragestellung auch, wie wir uns entwickeln.

Die Hofkarten sind die Mitspieler in diesem Reigen der Partnerschaften. Sie repräsentieren die Menschen, mit denen wir es zu tun haben, und ihre Eigenschaften. Bei den Hofkarten muss man bedenken, dass Buben, Ritter oder Könige nicht nur Männer symbolisieren, sondern dass die Eigenschaften, die ihnen zugeordnet sind, auch auf Frauen zutreffen können. Umgekehrt müssen Königinnen nicht unbedingt Frauen repräsentieren, sondern sie können auch Eigenschaften von Männern wiedergeben. Wenn Sie Karten legen und beispielsweise fragen: »Wie sehe ich meinen Freund?«, so kann es durchaus sein, dass für Sie, die Fragende, der Freund die Eigenschaften einer Königin besitzt.

Allgemeine Bedeutung der Hofkarten

Im Allgemeinen repräsentieren die Buben sehr junge Personen oder Menschen, die nie wirklich erwachsen geworden sind und/oder sich die Neugier auf das Leben bewahrt haben. Die Ritter stehen für Menschen im Alter von etwa 20 bis 35 Jahren. Die den Rittern zugeschriebenen Qualitäten können aber auch auf beispielsweise 60-jährige zutreffen, wenn diese sich ihren Schwung und Elan im Leben erhalten haben.
Die Hofkarten beschreiben entweder Sie selbst als Fragesteller/Fragestellerin, oder sie beantworten Fragen, die ihnen über andere Personen gestellt werden. Es kann passieren, dass in einer Lesung mehr als eine Hofkarte erscheint, die trotzdem ein und dieselbe Person beschreibt. Dies bedeutet, dass sich die Charaktereigenschaften der beschriebenen Person im Zusammenhang mit der Frage verändert haben. Hofkarten repräsentieren durch ihre Zugehörigkeit zu den Kelchen, Schwertern, Stäben oder Münzen auch deren grundlegende Charakterzüge. Dies bedeutet, dass Kelche-Menschen gefühlvoller sind als Schwerter-Menschen, die lieber über den Kopf entscheiden. Stäbe-Menschen treffen Entscheidungen spontan, während Münze-Menschen die praktische Seite nicht aus den Augen verlieren.

Die Kelche

Der Bube der Kelche

Er träumt von der Liebe um der Liebe willen, sie soll für ihn jedoch noch auf Distanz ausgelebt und erlebt werden, denn er ist eigentlich noch nicht reif für eine wirkliche Beziehung. Der Bube der Kelche ist eher der Minnesänger, der von der romantischen Liebe träumt und sie besingt, ohne sie verwirklichen zu wollen. Die wirklichen Gefühle der Liebe hat er noch vor sich. Obwohl er den Kelch der Liebe schon in der Hand trägt, hat er sich den Gefühlen, die damit verbunden sind, noch nicht zugewandt. Er träumt lieber noch von seinem Ideal. Man sollte vorsichtig sein, wenn man sich mit diesem Buben einlässt, da er in der Liebe noch in die Lehre geht.

Der Bube der Kelche umgekehrt

Der Bube der Kelche hat sich in seine Träume verstrickt, aus denen er jetzt nicht mehr herausfindet. Er hat Schwierigkeiten, die Wirklichkeit von seinen Wünschen und Idealvorstellungen zu trennen. Er lebt in einem Land der Phantasie, in dem er für andere nicht erreichbar zu sein scheint. Doch er weiß genau, was er will. Er wird versuchen, die Gefühle anderer zu manipulieren, um das zu bekommen, was er sich vorgenommen hat.

Der Ritter der Kelche

Er hat das Stadium der Träume hinter sich gelassen und seine Vorstellung von der Liebe in die Wirklichkeit umgesetzt. Immer auf der Suche nach der idealen Liebe, verkörpert er die Wünsche vieler Frauen, die von dem Ritter auf dem weißen Pferd träumen, der sie in das Land der ewigen Liebe und Leidenschaft entführt. Er ist charmant, anziehend, für viele unwiderstehlich, man kann sich seinem Charme nur schwer entziehen. Vielleicht, wer weiß, kann man ihn doch zähmen, es käme auf einen Versuch an.

Doch der Ritter der Kelche ist ein Idealist, er liebt zwar die Liebe und die Gefühle, aber er ist nicht bereit, sich fest an einen Partner zu binden. Er ist auf der Durchreise, immer auf der Suche nach dem noch schöneren, verlockenderen Gefühl der Liebe und des Verliebtseins. Er steht vor dem Fluss der Emotionen, aber er überquert ihn nicht, denn so nahe möchte er sich auf die Realität doch nicht einlassen.

Der Ritter der Kelche umgekehrt möchte keine Verantwortung übernehmen und wird sich jedem Zwang dazu entziehen. Wenn Sie sich von seinem Charme betören lassen, spielen Sie mit dem Feuer.

Der Ritter der Kelche umgekehrt

Was beim Ritter der Kelche schon angelegt ist, verkehrt sich bei der umgekehrten Karte auf der ganzen Linie ins Negative. Er nutzt seinen Charme und seine Anziehungskraft, um die Menschen seiner Umgebung gefühlsmäßig zu manipulieren. Er weiß, wie man mit Emotionen spielt, und bedient sich ihrer zu seinem Vorteil und ohne Skrupel. Er entzieht sich jeder Verantwortung und schafft es doch, Menschen durch seine charmante Art und Weise auszunutzen. Es ist höchste Vorsicht geboten vor diesem Ritter der Kelche.

Die Königin der Kelche

Sie ist eine emotionale Frau. Ihr Reich liegt in der Welt der Gefühle, und so denkt und handelt sie auch voller Emotionen. Sie sitzt ganz nah am Wasser der Emotionen, mit denen sie sich absolut identifiziert. Das bedeutet auch, dass sie verträumt ist, sehr gefühlsbetont liebt und nur nach ihren Gefühlen handelt. Sie ist bereit, für die Liebe zu leben und alles für eine Beziehung zu geben. Sie ist selbstlos und manchmal auch weltfremd. Sie ist kreativ und geht in ihrer Kreativität auf. Sie ist eine intuitive Frau, die Zugang zu ihrer Gefühlswelt und deren Reichtum hat, sie hilft gerne anderen,was sich oft auch im sozialen Engagement zeigt. Ihr Glück hängt nicht so sehr von materiellen Dingen ab, sondern eher von ihrer persönlichen Erfüllung. Als Idealistin ist sie immer auf der Suche nach dem Schönen. Sie hält sich gerne in der Natur auf, um Kraft zu tanken, sich zu entspannen und um ihrer Seele die nötige Ruhe zu verschaffen.

Ein Übermaß der Gefühle

Die Königin der Kelche umgekehrt

Die gefühlsbetonten Eigenschaften verwandeln sich in ein Chaos der Gefühle. Sie hat sich in ihre Gefühle verstrickt. Weinerlich und voller Selbstmitleid weigert sie sich, die Realität des Lebens und des Alltags zu akzeptieren. Stattdessen ergibt sie sich ihren diffusen Träumereien von der Liebe und der heilen Welt. Dies ist eine gefährliche Art und Weise zu leben, denn dabei kann leicht der Bezug zur Wirklichkeit verloren gehen. Auf die Königin der Kelche umgekehrt ist kein Verlass, da sie auf einem anderen Stern zu leben scheint.

Der König der Kelche

Er ist der Mann, der Hilfe bringt, er ist sensibel und wirkt als Mensch sehr anziehend. Die Gefühle umwogen ihn, doch er selbst bleibt trotz aller Hilfsbereitschaft reserviert. Man findet ihn oft in sozialen Berufen, doch privat behält er seine Gefühle für sich, scheint er nicht greifbar. Vielleicht hat er Angst vor seinen eigenen Gefühlen und lebt in dem Glauben, dass er von ihnen übermannt wird, wenn er sie zulässt. So hat er sich Abstand geschaffen. Er ist wie das Wasser in einer Fata Morgana, so nah und doch so unerreichbar.

Der König der Kelche ist charmant, zuvorkommend und irgendwie unnahbar. Er benutzt seine Hilfsbereitschaft wie einen Schleier, hinter dem er seine eigenen Gefühle versteckt. Er wird sich nur sehr vertrauten Personen öffnen.

Der König der Kelche umgekehrt

Hier hat der König der Kelche jede moralische Überlegung über Bord geworfen. Er ist unehrlich und besitzergreifend. Er weiß, wie er sein Umfeld gefühlsmäßig manipulieren kann, und nützt dies schamlos zu seinem Nutzen aus. Es ist sehr wahrscheinlich, dass er das Interesse an seiner Partnerschaft verloren hat. Wenn er bleibt, dann aus dem einzigen Grund, dass er sie nur noch als Mittel zum Zweck seiner Bequemlichkeit sieht, sie sind dazu da, ihm ein angenehmes Leben zu ermöglichen. Er weiß, wie er seine Interessen und seine Annehmlichkeiten wahrt, und er versteht es auch, Worte zu gebrauchen oder Liebesbezeugungen einzusetzen, die ihn am besten seinen Zielen näher bringen.

Die Schwerter

Der Bube der Schwerter

Der Bube der Schwerter ist immer neugierig auf das Leben, immer für einen verrückten Streich zu haben. Er ist auch jemand, der sich gerne alles erstreitet, der großes Vergnügen an der lebhaften Auseinandersetzung hat. Er findet es schön, wenn er eine Diskussion gewinnt oder wenn er auf andere Art und Weise seinen Kopf durchsetzen kann. Doch er lässt sich auch gerne auf Gegenargumente ein, wenn sein gegenüber die Ausdauer dazu besitzt, ihn von etwas Besserem zu überzeugen. Bei ihm läuft fast alles über den Verstand, denn er blendet die Gefühle gerne aus. Mit seiner Intelligenz trifft er oft den Nagel auf den Kopf, und er weiß zielstrebig, was er will. Alles, was mit Kommunikation zu tun hat, interessiert diesen Buben. Er probiert noch vieles aus. Er liebt es, das Leben auszukosten mit all seinen Möglichkeiten.
Als Partner ist er manchmal eher anstrengend, denn man hat das Gefühl, dass man immer auf der Hut sein muss mit dem, was man sagt, da er einem schnell das Wort im Mund umdreht. Man kann viel mit ihm erleben und an seiner Seite die Freuden des Lebens auskosten, aber eine feste Beziehung ist für ihn nicht spruchreif, er möchte noch viel mehr von der Welt sehen, bevor er sich bindet.

Der Bube der Schwerter spielt gerne mit seinem Verstand. Er liebt Wortspiele, Diskussionen – je lebhafter, umso besser. Er will wissen, wer schneller ist und das bessere Argument bringen kann. Für friedliebende Menschen nicht gerade der geeignete Partner.

Der Bube der Schwerter umgekehrt

Dieser Bube weiß ganz genau, dass er durch den Einsatz seines scharfen Verstandes andere leicht verletzen und verunsichern kann, und nutzt das nur zu gerne aus. Seine Manipulationen sind zweckgerichtet: Möglicherweise versteckt er dahinter seine eigenen Unsicherheiten oder hofft, durch Säen von Misstrauen den Partner zu verunsichern und mehr an sich zu binden, ihn von sich abhängig zu machen, um leichtes Spiel mit ihm zu haben. Der Bube der Schwerter umgekehrt schürt mit Vorliebe Zweifel und verbreitet gerne Klatsch.

Liebe zur Freiheit und Ungebundenheit

Es ist also Vorsicht vor dem umgekehrten Buben der Schwerter geboten, denn er macht mit seinen Spielchen auch nicht Halt vor der eigenen Familie oder vor Freunden, wenn es um seine Interessen geht. Man sollte deshalb nicht alles glauben, was einem da aufgetischt wird, und viel mehr hinterfragen.

Der Ritter der Schwerter

Der Ritter der Schwerter ist so wechselhaft wie die Wolken, die er auf dem Kartenbild durcheilt. Heute ist er ein leidenschaftlicher Liebhaber, morgen wirkt er kalt und distanziert. Durch seine Launenhaftigkeit bringt er Unruhe und Aufregung in jedes Leben. Er weiß, was er will, und er weiß, wohin er will. Ob er den Partner in seine Pläne einbeziehen wird, weiß er meist noch nicht, denn der Ritter der Schwerter liebt seine Freiheit. Er trifft gerne schnelle, unerwartete Entscheidungen. Er bringt Spaß und Abwechslung in jedes Leben, denn er kann Langeweile nicht vertragen. Geistig ist er mobil, immer auf der Suche nach etwas Neuem, aber Verantwortung auf lange Sicht zu übernehmen oder sich fest zu binden, das behagt ihm weniger, denn er befürchtet, eingesperrt zu werden oder durch eine nahe Bindung zu sehr eingeengt zu sein. Wenn man eine Beziehung mit einem solchen Ritter eingeht, muss man sich bewusst sein, dass er wahrscheinlich nur an einer sehr langen Leine festgehalten werden kann.

Der Ritter der Schwerter reitet im Sturmwind einher. Heute ist er leidenschaftlich, morgen geht er auf Distanz. Er weiß, was er will. Ob er einen Partner in seine Pläne einweiht, ist sein Geheimnis.

Der Ritter der Schwerter umgekehrt

Dieser Ritter kann sehr destruktiv sein. Nur sein Wille zählt, und den muss er um jeden Preis durchsetzen. Er schreckt auch nicht vor Gemeinheiten und hinterhältigen Plänen zurück und findet es vielleicht sogar noch lustig, wenn er sein Ziel damit erreicht. Man sollte sich vor ihm in Acht nehmen, denn er kann durch seine Zielstrebigkeit und Rücksichtslosigkeit sehr anziehend auf Menschen wirken, vor allem auf solche, die Schwierigkeiten haben, sich durchzusetzen. Er wird aber vor niemandem Halt machen, wenn er seinen Willen erzwingen will.

Die Königin der Schwerter

Die Königin der Schwerter ist eine Frau, die weiß, was sie will. Ihr Verstand regiert ihr Herz, und sie liebt es, die Schärfe ihres Intellekts gegen andere einzusetzen. Einer solchen Frau muss in der Partnerschaft die Möglichkeit gegeben werden, sich zu messen. Sie bindet sich nicht gerne und schreckt vor Beziehungen eher zurück. Wahrscheinlich hat sie schon eine Ehe hinter sich und damit nicht die besten Erfahrungen gemacht. Sie liebt ihre Selbstständigkeit und ihre Entscheidungsfreiheit, die sie sich nicht nehmen lassen will, und versteht es sehr gut, sich mit Witz und Scharfsinn durchzusetzen.

Doch wenn man die Mauern ihrer Unabhängigkeit durchbrochen hat und sich von ihrer Scharfzüngigkeit nicht abschrecken lässt, findet man eine Frau, die sehr loyal und hilfsbereit ist und auf die man sich verlassen kann. Sie sucht immer wieder neue geistige Herausforderungen. Wenn sie jedoch das Interesse verloren hat, sei es für die Partnerschaft oder andere Dinge, dann wird nichts und niemand sie umstimmen können. Es ist nicht einfach, die Liebe einer Königin der Schwerter zu erobern oder zu halten, aber es kann viel Spaß machen, es zu versuchen.

Die Königin der Schwerter umgekehrt hat sich ihrem Selbstmitleid ergeben. Für sie ist jeder andere an allem schuld, nur sie nicht. Sie will nicht einsehen, dass auch sie für ihr Leben Verantwortung trägt. So lebt sie in ihrem Selbstmitleid, weist ein solches Verhalten aber weit von sich.

Die Königin der Schwerter umgekehrt

Sie hat sich in den Mantel ihrer Verlassenheit eingesponnen und ist nun allein und sehr einsam. Sie ist nicht davon zu überzeugen, dass sie durch ihre Unnahbarkeit selbst zu ihrem Leid beigetragen hat oder dass sie zu viel von den Menschen um sich herum erwartet. Sie ist enttäuscht, wenn ihre zu hohen Erwartungen nicht erfüllt werden, was sie wiederum darin bestätigt, dass nur sie es richtig machen kann. Sie ist Perfektionistin und erwartet dies auch von anderen, mithin verlangt sie oft zu viel. Sie schlägt mit diesem Verhalten viele Menschen in die Flucht, die sie vielleicht sehr nett gefunden hätten. So hadert sie mit ihrem Schicksal und findet nicht mehr aus dem Labyrinth des Selbstmitleids heraus, das sie sich selbst geschaffen hat. Sie ist zu bedauern, doch Mitleid verträgt sie nicht, darauf reagiert sie ungehalten.

Der König der Schwerter

Er ist ein scharfsinniger Mann, der seine Emotionen hinter seinem Verstand versteckt. Er begegnet Gefühlen mit Vorsicht, ist hilfsbereit, ein guter Organisator, aber er steuert sein Leben über den Kopf. Er liebt angeregte Konversation und gute Unterhaltung. Er ist der beste Freund oder der beste Feind, in jedem Fall ist an ihm nichts Halbherziges. Beruflich ist er lieber selbstständig als abhängig, denn er lässt sich wenig von anderen sagen und trifft am liebsten eigene Entschlüsse. Wenn er seine Hilfe gewährt, dann tut er das mit Umsicht und viel Verstand. Auf ihn ist in allen Lebenslagen Verlass. Allerdings will er in einer Partnerschaft nicht bevormundet werden. Er ist ein umsichtiger Gefährte, der seine Partnerschaft als ein Wechselspiel der gegenseitigen Unterstützung ansieht. Er möchte eine gerechte Aufgabenverteilung, bei der jeder seine Rolle zu erfüllen hat. Er ist gewissenhaft, kann aber mit seiner scharfen Zunge zeitweise sehr verletzend wirken.
Er lässt sich nicht so ohne weiteres in die Karten schauen und behält seine Entscheidungen für sich, bis sie für ihn selbst spruchreif geworden sind. Er muss sich seine innere Unabhängigkeit und seine Entscheidungsfreiheit immer wieder beweisen, sonst fühlt er sich eingeengt. Dies macht ein Zusammenleben mit diesem König nicht immer leicht.

Der König der Schwerter umgekehrt

Der König der Schwerter hat jede Vertrauenswürdigkeit verloren. Er hat sich zum tyrannischen und despotischen Herrscher entwickelt. Alles muss sich nach ihm richten. Er ist rücksichtslos und kann auch gewalttätig werden, um seinen Willen durchzusetzen. Zudem ist er launisch und unzuverlässig, auf sein Wort kann man sich nicht verlassen. Seinen Verstand setzt er ein, um Menschen zu verletzen und um jeden Preis seine Ziele zu erreichen und seinen Vorteil zu wahren. Diesem König der Schwerter sollte man mit sehr viel Argwohn begegnen, denn er versteht es, einem das Leben schwer zu machen.

Die Stäbe

Der Bube der Stäbe

Der Bube der Stäbe ist kreativ, lustig und immer zu Späßen aufgelegt. Mit ihm befindet man sich in guter Gesellschaft. Er hat einen lebhaften Geist, ist eher unruhig und sprunghaft. Er weiß, dass das Leben noch viel zu bieten hat, und möchte eine Partnerschaft eher auf sehr lockerer Basis führen, nur nicht zu nahe und zu intensiv. Sein Freiheitsdrang ist weit größer als seine Lust, sich zu binden. Dabei ist er nicht unehrlich oder versucht den Partner auszunutzen, sondern er hat bloß eine unstillbare Neugier auf das Neue, auf das, was sich vielleicht um die nächste Ecke befindet und das er noch nicht erkundet hat. Wenn man sich mit diesem Buben einlässt, dann kann man sich auf eine interessante, heiße Liebe freuen. Man sollte nicht versuchen, diesen Buben »festzunageln«, sondern warten, bis er selbst soweit ist und die Initiative ergreift.

Der Bube der Stäbe umgekehrt

Hier ist der Bube der Stäbe sehr oberflächlich, einer, der nur noch seinem Vergnügen nachgeht. Obwohl er viel verspricht, hält er wenig und nur dann, wenn es ihm gerade passt. Man sollte die Äußerungen dieses Buben genau auf die Waagschale legen, denn ihm ist nicht zu trauen: Er ist ein Spaßvogel, der sich nur zu gerne auf Kosten anderer amüsiert.

Der Ritter der Stäbe

Der Ritter der Stäbe ist ein Charmeur. Er liebt das Leben, ist witzig, spritzig und voller Ideen. Er besitzt große Anziehungskraft auf das andere Geschlecht. Er verträgt keine Langeweile, sondern sucht liber immer wieder nach neuen kreativen Herausforderungen. Er liebt die Liebe, aber nicht die Verantwortung. Er weiß am schnellsten, was gerade angesagt ist. Er gehört zum

Typus des jungen aufstrebenden Geschäftmanns (was natürlich auch auf Frauen zutreffen kann), immer geschäftig am machen. Für ihn ist das Leben eine Herausforderung, die angenommen werden muss. Beziehungen gehören zum Lebensstil, sind jedoch mehr eine Zugabe, kein fester Bestandteil des Lebens. Und doch ist man bereit, ihm fast alles zu verzeihen.

Der Ritter der Stäbe umgekehrt

Er ist jemand, der nur seine Ambitionen kennt und dafür auch über Leichen gehen würde, wenn es sein müsste. Sein Vorteil ist das einzige Kriterium, das in seinem Leben zählt. Er ist zu vielem bereit, wenn es um seine Interessen geht, auch wenn andere dabei auf der Strecke bleiben. Mit diesem Ritter der Stäbe sollte man sich nur mit sehr viel Vorbehalt einlassen. Er gaukelt Liebe vor und meint seine Vorteile und Bequemlichkeit. Er versprüht seinen Charme, um sein Opfer dahin zu bekommen, wo er es haben möchte. Es kann ohne weiteres passieren, dass er den Partner sitzen lässt, wenn er nicht mehr in sein Konzept passt.

Kreativität und Neugier auf das Leben mit seinen Herausforderungen charakterisieren die Königin der Stäbe. Sie ist charmant und hilfsbereit und schenkt ihrem Partner Loyalität und Unterstützung.

Die Königin der Stäbe

Die Königin der Stäbe ist eine warmherzige Frau mit viel Erotik. Sie hat meist einen schnellen Verstand und steckt immer voller geistvoller Einfälle. Sie kann ihre Träume und Ideen in die Tat umsetzen. Ihrem Partner schenkt sie Unterstützung und Loyalität, aber in einen Käfig stecken darf man sie nicht. Man sollte sie nicht zu sehr einengen, denn sonst verliert sie ihren Charme, also das, was an ihr so anziehend ist.
Sie gibt gute Ratschläge, wenn sie danach gefragt wird, ist jederzeit zu Hilfeleistungen bereit und versucht sich in die Lage ihres Partners hineinzuversetzen. Sie mag jedoch keine Langeweile und beschäftigt sich lieber mit immer neuen, aufregenden Ideen. Sie ist unabhängig und schafft den Spagat zwischen der Verwirklichung ihrer Wünsche und den Pflichten gegenüber einer Familie, wenn sie eine hat.

Die Königin der Stäbe umgekehrt

Sie hat Angst vor der eigenen Unabhängigkeit und versucht ihre Unsicherheit hinter der großen Geste, hinter effektvollem Auftreten zu verbergen. Auch mischt sie sich gern in Angelegenheiten ein, die sie nichts angehen. Als Partnerin ist sie besitzergreifend und fordernd. Sie muss immer der Mittelpunkt der Aufmerksamkeit sein, und um das zu erreichen, ist ihr jedes Mittel recht. Sie ist nachtragend und sehr eitel.

Der König der Stäbe

Er ist erfolgreich in seinem Beruf, hilfsbereit und kreativ. In einer Partnerschaft sorgt er immer wieder für angenehmes Prickeln, weil er beispielsweise ganz spontan zu einem nicht geplanten Theaterabend oder zu einem Essen zu zweit einlädt. In seiner Gesellschaft fühlt man sich wohl, denn er ist sehr charmant. Im Beruf weiß er, was er will, und liebt Herausforderungen jeder Art. Er kann aber auch anstrengend sein, wenn er von seiner Umgebung den gleichen Enthusiasmus verlangt, den er selbst einbringt. Er vergisst trotz aller Herausforderungen seine Verantwortung gegenüber der Familie nicht.
Er stellt sich gern in den Dienst anderer. Möglicherweise ist er jemand, der ehrenamtlich bei einem Verein oder einer Hilfsorganisation arbeitet, jedenfalls überall da, wo er sein kreatives Talent einbringen kann. Als Partner sollte man einem solchen König die Freiheiten lassen, die er zu seiner Entfaltung braucht.

Der König der Stäbe umgekehrt verlangt von einem Partner, dass er sich bedingungslos unterordnet. Eine solche egoistische Einstellung bringt für keinen der Partner wirkliche Liebe und Glück.

Der König der Stäbe umgekehrt

Er ist ehrgeizig, egoistisch und rücksichtslos. Er verlangt von seinem Partner, dass man sich bedingungslos unterordnet, sonst wird er wütend und kann schnell ausrasten. Als Partner ist er sehr schwierig, weil er nur seine Meinung akzeptiert und nichts anderes hören will. Er scheut auch nicht davor zurück, vorsätzlich Streit und Konflikte zu provozieren. Seinen Charme setzt er ein, wo immer es ihm zu seinem Vorteil nützt.

Die Münzen

Der Bube der Münzen

Der Bube der Münzen ist praktisch veranlagt: Er beschäftigt sich lieber mit den Dingen, die er anfassen kann, als mit Abstraktem und hat wenig Sinn für Theorie. Was für ihn zählt, ist das Handfeste, Konkrete – alles was man schmecken, fühlen oder tasten kann. Er ist verlässlich, doch noch etwas unsicher in seinen Absichten. Zwar weiß er, was er will, er ist auch bereit, für seine Ziele zu arbeiten, aber es fehlt ihm noch an ausreichenden Erfahrungen. Er ist eher schüchtern als draufgängerisch, jedoch freundlich und hilfsbereit. In einer Beziehung benimmt er sich zurückhaltend und abwartend, weil er nichts versprechen möchte, was er nicht halten kann. Er möchte sich erst ganz sicher sein, ehe er eine enge Bindung eingeht. Er geht vorsichtig mit Geld um und hat seine finanzielle Zukunft schon geplant.

Der Bube der Münzen umgekehrt

Wenn Sie diesen Buben der Münzen um etwas bitten, wird er es versprechen, aber er wird sich nicht daran halten. Er tut, was ihm gefällt. Wenn Sie in seinem Leben keinen Platz finden, dann ist es Ihr Pech. Er ist unzuverlässig und leichtsinnig, was Geld anbetrifft. Er ist engstirnig und besitzergreifend. Selbst ist er eher bequem, liebt es jedoch, Menschen um sich herum zu kommandieren und nach seiner Pfeife tanzen zu lassen.

Der Ritter der Münzen ist ein ruhiger, hilfsbereiter Mensch, der seine Pflichten gewissenhaft erfüllt. Er ist vielleicht nicht immer der aufregendste Partner, aber er verkörpert Charaktereigenschaften wie Geduld, Ausdauer und Verlässlichkeit.

Der Ritter der Münzen

Der Ritter der Münzen ist immer bereit zu helfen. Er ist fleißig und, wenn es einen Mann betrifft, sich auch nicht zu schade, im Haushalt zu helfen. Es fehlt ihm eine Spur an Kreativität, an Leichtlebigkeit – das Spontane, etwa aus dem Handgelenk Entscheidungen zu treffen, liegt ihm nicht. Dafür kann man sich auf ihn verlassen, und er wird sich an seine Versprechen halten. Er

scheint unerschöpfliche Geduld zu besitzen. In Geldsachen ist er äußerst genau, so wie er alle Dinge des Lebens mit großer Umsicht angeht. Er wird vielleicht nie der Chef in einer Firma sein, da ihm die Ellenbogen zur großen Karriere fehlen, aber er wird durch seinen Fleiß und seine Einsatzbereitschaft privat sowie im Berufsleben vollauf respektiert.

Der Ritter der Münzen umgekehrt

Dieser Ritter ist äußerst engstirnig und von großem Egoismus. Allein seine Meinung ist es, die zählt. Er steht jeder Neuerung mit eiserner Ablehnung gegenüber, denn sein Motto ist: »Wenn es vorher gut war, dann taugt es jetzt auch«. Es fehlt ihm an Voraussicht und Flexibilität. Er ist ungeduldig und despotisch, er zwingt dem Partner seine Meinung auf und lässt nichts anderes gelten. Mit einem solchen Partner entbrennt immer ein Kampf ums Geld, denn er drückt sich gerne vor seinen Verpflichtungen und lässt lieber den anderen zahlen. Er ist genauso geizig wie intolerant.

Die Königin der Münzen

Die Königin der Münzen ist eine warmherzige und hilfsbereite Frau. Sie hat sich den konkreten Seiten des Lebens zugewandt und weiß in einer Beziehung gerne, woran sie ist. Unsichere Lebensumstände machen ihr zu schaffen. Wenn sie eine feste Partnerschaft eingeht, dann tut sie das sehr überlegt. Für sie gelten außer den Gefühlen auch noch die praktischen Überlegungen, die eine Partnerschaft erfolgreich machen, wie z. B. finanzielle Absicherung, Wohnung oder Ähnliches. Sie vergibt sich nicht leichtsinnig und spontan. Da materielle Angelegenheiten für sie ein Thema sind, ist sie bereit, selbst für ihre Ziele hart zu arbeiten. Sie liebt die schönen Dinge des Lebens, verbringt allerdings weniger Zeit damit, davon zu träumen, sondern setzt alles daran, ihre Wünsche in die Realität umzusetzen. Sie ist eine konservative und verlässliche Partnerin, die in ihren Aufgaben aufgeht, sei es nun Familie oder Beruf oder beides, wenn die Umstände es erfordern.

Die Königin der Münzen umgekehrt

Für diese Königin zählt das Geld. Sie sucht sich ihren Partner lieber nach seinen beruflichen Möglichkeiten und seinem Einkommen als nach anderen Werten aus. Sie möchte möglichst alles haben, was ihr Herz begehrt. Der Partner kommt dabei zu kurz. Ihre Interessen, vor allem materielle, sind für sie so wichtig, dass sie dafür sogar bereit ist, eine unbequeme Partnerschaft in Kauf zu nehmen. Sie kann ein richtiges Luxusweib sein, die ihre Interessen vor alles andere stellt. Wenn sie ihre Wünsche und Ziele erreichen will, kann sie rücksichtslos und kalt sein, manchmal aber auch einschmeichelnd. Es ist nicht angenehm mit dieser Königin, wenn man sich ihren Wünschen widersetzt.

Die Königin der Münzen umgekehrt liebt das Geld. Für sie geht wirtschaftliche Sicherheit über alles, und sie wird auch danach handeln. Dazu benutzt sie jedes Mittel, das sie ihrem Ziel näher bringt. Wenn Sie eine Partnerschaft mit ihr eingehen, haben Sie hoffentlich genug Geld in der Tasche, sonst bleibt sie nicht lange.

Der König der Münzen

Dieser König hat etwas in seinem Leben erreicht: Er steht mit beiden Beinen fest auf dem Boden der Tatsachen und findet sich in der Realität gut zurecht. Er weiß, was er will, und plant umsichtig, wohin sein Lebensweg gehen wird. Finanziell ist er abgesichert. Er ist nicht jemand, der mit wechselnden Partnerschaften experimentiert, sondern eher ruhig und zurückhaltend agiert, auch in Angelegenheiten der Liebe.
Der König der Münzen gibt sich oft als ein eher konservativer Mensch, für den Arbeit und Familie an erster Stelle stehen. Dank seiner Hilfsbereitschaft und seinem praktischen Können wird er gern von anderen um Hilfe gebeten.

Der König der Münzen umgekehrt

Hier ist der König schwach und ineffektiv. Er hat das Ruder aus der Hand gegeben und lässt seinen Partner schalten und walten. Er möchte in Ruhe gelassen werden und möglichst keine Verantwortung übernehmen. Die schönen Künste sind an diesem König verlorene Liebesmüh. Am liebsten verbringt er seine Zeit vor dem Fernseher oder beim Stammtisch. Die Wünsche seines Partners sind ihm gleichgültig.

Die Großen Arkana

Die Großen Arkana beschreiben unser Seelenleben, wie wir fühlen, denken, handeln, was uns motiviert. Sie zeigen uns, wenn wir an unserem Denken etwas verändern sollten, um eine glückliche, erfüllte Partnerschaft eingehen zu können.

Die Großen Arkana spiegeln unser Seelenleben wider: Sie zeigen uns, was wir fühlen und denken, wovor wir Angst haben, was uns antreibt. Unser innerster Wunsch ist das Triebwerk unserer Handlungen. Die Sehnsucht nach einer neuen Liebe bringt uns dazu, auf die Suche zu gehen. Die Karten der Großen Arkana sagen uns, wie wir eine Partnerschaft betrachten, ob wir ihr gegenüber optimistisch oder eher negativ eingestellt sind. Vielleicht haben wir Angst vor einer neuen Partnerschaft, obwohl wir beteuern, dass wir uns nichts sehnlicher wünschen. Vielleicht aber haben wir uns die Neugier auf das Leben bewahrt und sind bereit, neue Wege, auch in der Liebe, zu gehen.

O Der Narr

Hier ist die Chance, einen Neubeginn zu wagen, von dem man noch nicht weiß, wohin er führen wird. Der Narr ist der Impuls, der uns treibt, um uns für einen anderen zu interessieren und das Abenteuer Partnerschaft zu wagen. Die ganze Welt hat sich plötzlich gedreht, und man ist bereit, sich symbolisch die Klippen hinabzustürzen, um sich der Freude und auch dem Leid, mit einem Wort den Herausforderungen einer neuen Beziehung zu öffnen. Diese Bereitschaft ist nicht mit dem Verstand zu erklären, denn sie kommt aus dem Gefühl und ist unwiderstehlich. Die eigene geordnete Welt ist auf den Kopf gestellt, und doch ist man keineswegs erschrocken über diesen Zustand.
Es ist ungewiss, was auf einen zukommt, man weiß nicht, wie es ausgehen wird. Ein Wink des Himmels hat dieses Glück beschert, und man ist fest entschlossen, die Chance zu ergreifen. Jeder gut gemeinte Rat prallt ab. Der Narr verlässt sich auf seine Intuition und seinen neu gefundenen Abenteuergeist. Eine Garantie für das Gelingen einer Beziehung gibt es nicht, aber eine Chance, die der Narr wahrt. Vielleicht stürzt man sich in das Abenteuer Elternschaft und ist bereit, seinem Leben durch Kinder neuen Sinn zu geben. Das Unerwartete kann auf einen zukommen.

O Der Narr umgekehrt

Angst vor dem Schritt ins Ungewisse meldet sich, denn man hätte gerne die Garantie, dass diese Entscheidung sich lohnen wird, emotional oder finanziell. Man fühlt sich noch nicht bereit, sich auf das Unerwartete einzulassen und das Abenteuer eines gemeinsamen Lebens und einer Partnerschaft zu versuchen. Man sieht nur die Probleme, die auf einen zukommem könnten, und nicht die Freuden. Es wird schwierig sein, Träume zu verwirklichen, wenn man nicht auch einmal den Mut besitzt, etwas Ungeplantes zu tun. Man hat Angst davor, das Alte, Vertraute zu verlassen. Eine Partnerschaft verläuft im Sand.

I Der Magier

Der Magier hat alle Symbole des Tarot in sich vereint und demonstriert damit Selbstvertrauen in die eigene Macht, die innere Kraft, die einen zum Ziel trägt. Der Magier ist der Wegweiser, die innere Stimme, die den Zugang über das Bewusstsein zum Unterbewusstsein herstellt. Er kann als Ratgeber fungieren, wenn man in sich hineinhorcht und auf seine Träume achtet, er erklärt, dass man Selbstvertrauen haben und voller Zuversicht über seine Partnerschaft sein kann. Der Magier repräsentiert auch einen starken, positiven Partner, auf den Verlass ist.
In einer neuen Partnerschaft erreicht man sein Ziel durch Ausdauer und innere Überzeugung. Man sollte sich nicht vorschnell abschrecken lassen, wenn man nicht sofort erreicht, was man anstrebt, und das Selbstvertrauen demonstrieren, das der Magier anbietet. Dann werden sich die Dinge zum Guten wenden.
Der Magier verlangt bewusstes positives Handeln. In Bezug auf Beziehungen heißt das, dass man seinem Glück durchaus etwas nachhelfen kann, wenn man entschlossen die Initiative ergreift. Es sollte nie vergessen werden, dass die eigenen Gedanken der Anfang aller Taten sind. Der Magier symbolisiert diese positiven Gedanken, die ungeahnte Möglichkeiten eröffnen. Also: nicht abwarten und grübeln, sondern seine Wünsche vertrauensvoll in die Tat umsetzen.

Der Magier sagt, dass zögerliches Handeln und Selbstzweifel nicht angebracht sind. Sie sollen und können Vertrauen in sich und den Partner haben. Positives Denken ist ein großes Thema des Magiers.

I Der Magier umgekehrt

Selbstvertrauen hat sich in Unsicherheit verwandelt. Man ist zu einem schwachen Partner geworden, auf den sich der andere nicht verlassen kann. Es gibt hochfliegende Pläne, die nie realisiert werden. Man ist jemand, der sich nicht gerne in die Karten sehen und den Partner lieber im Unklaren lässt, sei es über Geld oder das Berufsleben. Man liebt es, den Partner in Unsicherheit zu wiegen.
In einer neuen Partnerschaft verliert man das Selbstvertrauen und gibt auf, in der Hoffnung, dass es das nächste Mal einfacher wird. Man sollte versuchen, die Quelle der eigenen Unsicherheit zu finden, um sie in den Griff zu bekommen. Negative Gedanken bringen negative Ergebnisse, denn sie sind das Spiegelbild unseres inneren Selbst.

Die Hohepriesterin symbolisiert Ihr Unterbewusstsein. Sie bestätigt Ihnen Feinfühligkeit, Intuition und Einfühlungsvermögen. Nutzen Sie die Eigenschaften der Hohepriesterin, und vertrauen Sie auf Ihre innere Stimme.

II Die Hohepriesterin

So wie der Magier das Bewusstsein symbolisiert, zeigt uns die Hohepriesterin das Unterbewusstsein. Die Hohepriesterin besitzt Feingefühl, Intuition und Einfühlungsvermögen. Sie spricht gerne über die ernsteren Themen des Lebens und kann der reinen Oberflächlichkeit wenig abgewinnen.
In einer Partnerschaft bedeutet diese Karte, dass man sich sehr gut kennt, dass man intuitiv weiß, was der Partner denkt, fühlt oder sagen will. Es ist, als sei man aufeinander eingespielt und benötige keine großen Worte, um sich zu verstehen. Es ist das Gefühl einer Seelenverwandtschaft, das einen mit dem Geliebten verbindet. Durch diese enge Verbundenheit mit dem Partner ist man auch bereit, auf ihn einzugehen, ihm seine Wünsche zu erfüllen, wann immer es möglich ist. Man erwartet eine immer tiefere Bindung an den Partner, mit dem man auch über den Sinn des Lebens und die Welt des Unbewussten diskutieren kann.
Bei einer neuen Beziehung hat es einen schier umgeworfen. Man hat das unglaubliche Gefühl, dass man diesen Menschen bereits seit Jahren kennt, so ungewöhnlich vertraut kommt er einem vor, obwohl man noch gar nicht viel über ihn weiß.

II Die Hohepriesterin umgekehrt

Hier muss man aufpassen, dass der Bezug zur Realität nicht verloren geht. Man hat sich so in die faszinierende Welt seiner Wunschträume verstrickt, dass man am liebsten vergessen möchte, dass auch eine Wirklichkeit mit all ihren Freuden und Nöten existiert. Man erlebt seine Partnerschaft wie einen Traum, in den man sich nur zu gern versetzt, damit man sich nicht einsam fühlt. Der Partner wird gar nicht wahrgenommen. Wir können uns der Realität des Lebens nicht entziehen, denn wenn wir es tun, bringt es uns letztendlich nur Einsamkeit. In einer neuen Partnerschaft redet man aneinander vorbei, denn jeder ist mit seinen Angelegenheiten so beschäftigt, dass er nicht bereit ist, auf die Probleme des Partners einzugehen. Man nimmt die Gefühle des anderen nicht wahr. Wenn diese Partnerschaft funktionieren soll, ist ein Umdenken erforderlich, z. B. sollte man bereit sein, wirklich zuzuhören und echtes Verständnis zu zeigen.

Die Hohepriesterin umgekehrt hat sich in eine Scheinwelt geflüchtet, und es fällt ihr schwer, zwischen Realität und Illusion zu unterscheiden. So lebt sie in den Tag hinein und entzieht sich nach Möglichkeit allen Schwierigkeiten.

III Die Herrscherin

Die Herrscherin verkörpert das Mutterprinzip in seiner schönsten Form. Ohne die Bereitschaft, etwas mit Geduld heranzuziehen, zu hegen, zu pflegen und wachsen zu sehen, kann unsere Erde nicht gedeihen. Hier sitzt die Herrscherin inmitten einer fruchtbaren Landschaft, die dieses Wachstum symbolisiert. Die Herrscherin strahlt Ruhe und Gelassenheit aus und vertraut auf ihre innere Kraft, die ihr zu Hilfe kommt. Sie ist fürsorglich und hilfsbereit, der ruhende Pol einer Partnerschaft, voller Ideen, um das Zusammenleben schöner zu gestalten. Sie ist bereit, für das Wohl der Familie zu sorgen, nicht nur für das leibliche Wohl. Ein glückliches, harmonisches Familienleben lässt alle Beteiligten Kraft für den Alltag schöpfen. Diese Karte kann auch Hochzeit oder Schwangerschaft symbolisieren.
Bei einer neuen Partnerschaft ist es wichtig, einen Menschen zu finden, der die Hilfsbereitschaft und den Hang zum Familienleben zu würdigen weiß. Jemand mit einem zu großen Freiheitsdrang würde diese Herrscherin nur unglücklich machen.

III Die Herrscherin umgekehrt

Wo die Herrscherin geduldig und fürsorglich ist, erstickt die Herrscherin umgekehrt jedes Zusammengehörigkeitsgefühl durch zu viel Bevormundung und Egoismus. Ein Partner bleibt da nicht gerne zu Hause.

Statt den Partner zu unterstützen, versucht man ihn zu bevormunden und lässt ihn nicht vergessen, was man schon alles für ihn getan hat. Der eigene Egoismus hat freien Lauf. Es wird versucht, nur nach der eigenen Vorstellung zu handeln. Damit nimmt man dem Partner jede Möglichkeit, seine eigene Meinung und seine Ideen einzubringen, und erstickt damit auch das Zusammengehörigkeitsgefühl. Der Partner wird sich lieber außer Haus aufhalten als in der unfreundlichen Atmosphäre daheim.
Bei einer neuen Partnerschaft versucht man den Partner mit eigenen Wünschen und selbstsüchtigen Ideen zu überfahren. Ein solches Vorgehen verspricht keinen großen Erfolg.

IV Der Herrscher

Der Herrscher verkörpert Verantwortungsbewusstsein verbunden mit der Bereitschaft, Verantwortung zu übernehmen. Die Ziele, die er sich gesetzt hat, werden auch verwirklicht. Mit Theorien kann er wenig anfangen. Unter dem Symbol des Herrschers werden Pläne in die Tat umgesetzt. In einer Partnerschaft ist er die starke Schulter, auf die man sich stützen kann.
In einer Familie ist er ein engagierter Vater, der sich um das Wohl seiner Lieben sorgt und dies mit Strenge, aber auch mit Wohlwollen zu tun versucht. Der Herrscher hat sehr viel Verständnis für seinen Partner und nimmt sich auch nach der Arbeit die notwendige Zeit, um in Ruhe auf die Sorgen und Nöte der Familienmitglieder einzugehen.
In einer neuen Partnerschaft repräsentiert der Herrscher eine Liebe, auf die man vertrauen kann. Hier werden keine leeren Versprechungen abgegeben, sondern eine von Herzen gemeinte Liebeserklärung. Der Herrscher repräsentiert einen Menschen, der weiß, was er will, und bereit ist, sich für seine Ideale einzusetzen. Leichtfertigkeit liegt ihm nicht. Wenn man einen solchen Menschen kennen lernt, der durch den Herrscher symbolisiert wird, dann ist man bei ihm gut aufgehoben in gut gemeinter Fürsorglichkeit und Liebe.

IV Der Herrscher umgekehrt

Man ist sehr dominant und will immer das letzte Wort haben. Die Partnerschaft gestaltet sich daher sehr unerfreulich und schwierig. Man hat sich zum Haustyrannen entwickelt, der nur noch seine Meinung gelten lässt. In der Familie wird erwartet, dass die Mitglieder sich fügen, die Wünsche des Partners oder der Kinder sind von geringem Interesse. Wichtig ist nur, dass die eigenen Ziele berücksichtigt und erfüllt werden. Vielleicht genießt man die Macht, die man sich auf Kosten der Familie geschaffen hat. Es kann sein, dass auch nicht vor Gewaltsamkeit zurückgeschreckt wird. Es ist etwas sehr Ungesundes in einer Beziehung, in der man sich als Tyrann betätigen kann.
In einer neuen Partnerschaft schreckt man den anderen durch sein eigensüchtiges Verhalten ab.

Er herrscht zu Hause als absoluter König und fühlt sich auch so. Der Herrscher umgekehrt hat sein Reich abgesteckt, in dem jeder zu gehorchen hat. Ein glückliches Zusammenleben verspricht solche Selbstherrlichkeit nicht, ein Umdenken ist erforderlich.

V Der Hierophant

Der Hierophant symbolisiert den Ratgeber. Seine Einsichten und gut gemeinten Ratschläge kommen aus der konventionellen wie aus der spirituellen Welt des Lebens. Er ist die Person, die Rat und Trost spendet. Er erwartet Loyalität von den Menschen, mit denen er es zu tun hat, und ist bereit, diese zurückzugeben. Er geht in der Verantwortung auf und sieht darin den Sinn seines Lebens. Er gibt gewonnene Einsichten gerne weiter, wenn er danach gefragt wird, und steht anderen mit Rat und Tat zur Seite. Wenn er sich zu einer Partnerschaft entschlossen hat, dann zieht der Hierophant eine traditionelle Regelung vor, denn er liebt keine Halbheiten. Er setzt sein Versprechen von der großen Liebe in die Tat um. Der Hierophant kann auch eine Verlobung oder Hochzeit symbolisieren, mit der bald zu rechnen ist.

V Der Hierophant umgekehrt

Wenn diese Karte auftaucht, heißt das, dass man immer alles besser weiß. Man erteilt Rat, auch wenn nicht danach gefragt wird, und es wird erwartet, dass jeder staunend vor diesem Wis-

sen steht. Man redet zu viel, hört aber nicht zu. Man ist der festen Ansicht, dass man genau weiß, was für den Partner und möglicherweise auch für die Familie gut ist. Die geringe Mühe, auch dem Partner zuzuhören, würde sich bestimmt lohnen. Vielleicht lernt man dadurch seinen Partner wieder kennen, der sich vielleicht schon durch Schweigen und Resignation in sein Schicksal ergeben hat, bevormundet zu werden.
In einer jungen Beziehung trifft man Entscheidungen über den Kopf des Partners hinweg. Es wäre sinnvoll, auch den Partner nach seinen Wünschen zu fragen, wenn man ihn behalten will.

VI Die Liebenden

Wenn man hofft, dass eine Liebe endlich glücklich verlaufen wird, dann ist jetzt der geeignete Zeitpunkt. Die Karte der Liebenden ist die Karte der richtigen Entscheidungen, für was immer man sich entschieden hat, sei es für die erste Liebe, die erste gemeinsame Nacht oder für eine feste Beziehung.
In einer Partnerschaft fühlt man sich geliebt und beschützt und sieht in dieser Liebe die Erfüllung. Es ist großes Verständnis und große Rücksichtnahme gegenüber dem Partner vorhanden. Die Innigkeit ist groß, und man glaubt, den Geliebten schon sehr lange zu kennen. Mit kleinen Überraschungen möchte man Freude schenken und genießt es, wenn sich diese im Gesicht des anderen widerspiegelt. In einer neuen Liebe kann man von seinem Wunschpartner eine Nachricht erhalten, und man ist überzeugt davon, dass man sich gesucht und gefunden hat. Die Karte der Liebenden symbolisiert, dass man am Ziel seiner Wünsche in Sachen Liebe angekommen ist.

Jetzt ist der richtige Zeitpunkt gekommen für eine neue Liebe. Wenn Sie gezweifelt haben, dann bestätigt Ihnen diese Karte, dass Sie richtig handeln. Das Glück wird sich erfüllen.

VI Die Liebenden umgekehrt

Von dem Gefühl des Verliebtseins ist man so überwältigt, dass man die Tatsache nicht sehen kann oder will, dass man ausgenutzt wird. Vielleicht versucht ein Partner mit Engelszungen zu reden, um zu bekommen, was er will, und scheut auch nicht davor zurück, Sex als Mittel zum Zweck einzusetzen. Man wird

benachteiligt in dieser Partnerschaft. Es wäre dringend erforderlich, sich einen inneren Abstand zu verschaffen, um das Zusammenleben distanzierter analysieren zu können.
Wenn man in einer neuen Partnerschaft geplant hat zusammenzuziehen, dann sollte dieses Projekt erst einmal auf Eis gelegt werden. Der Zeitpunkt dafür ist noch nicht gekommen. Obwohl Liebe blind macht, sollte man es sich sehr gut überlegen, ob man gemeinsame Projekte angeht und inwieweit man bereit ist, sich für den Partner zu verbürgen. Man sollte diese Partnerschaft noch für eine ganze Weile eher auf Distanz prüfen, es ist nicht alles so, wie es scheint.

VII Der Wagen

Der Wagen repräsentiert das Gegensätzliche in einer Partnerschaft, das man als Wagenlenker wieder in eine harmonische Einheit bringt. Manchmal muss man um seinen Partner kämpfen, und diese Karte zeigt, dass es sich lohnen wird.
Vielleicht hat man sich schon auseinander gelebt, doch plötzlich ist einem diese Gemeinschaft wieder wichtig geworden. Man erkennt, was man an seinem Partner hat, und gibt Fehler zu, die man selbst gemacht hat. Vielleicht hat man sich so in die Arbeit gestürzt, dass das gemeinsame Leben in den Hintergrund getreten ist. Man hat die Zügel schleifen lassen, ist aber nun bereit, ernst gemeinte Kompromisse einzugehen, um die Partnerschaft zu retten. Man hat noch einmal die Möglichkeit, seine Beziehung neu zu gestalten, aber es ist denkbar, dass der Partner nicht ohne weiteres darauf eingehen will. Vielleicht gab es schon zu viele falsche Versprechen, die nicht eingehalten wurden. Man muss sich wieder daran erinnern, dass auch die Wünsche des Partners berücksichtigt werden müssen. Sie sind vielleicht in der Hektik des Alltags, durch die Erfordernisse der Familie oder durch eigene egoistische Wünsche verdrängt worden.
In einer neuen Beziehung hat man sich ausgesprochen und es geschafft, seine Wünsche und Hoffnungen für diese Partnerschaft klar zu definieren. Man ist kompromissbereit, ohne dass man das Gefühl hat, sich etwas dabei zu vergeben.

Der Wagen zeigt die Bereitschaft, etwas zu ändern. Wenn man vorher zu herrschsüchtig gehandelt hat, ist man jetzt einsichtig geworden und bereit, sein Handeln zu ändern. Die Partnerschaft ist wieder in den Vordergrund gerückt.

VII Der Wagen umgekehrt

Alles, was einem wichtig ist, sind die eigenen Wünsche und ihre Erfüllung. Ob es dem Partner gefällt, spielt keine Rolle. Es zählen lediglich die eigenen Interessen. Man wundert sich vielleicht, warum Beziehungen nicht lange halten oder warum die Ehe so lieblos geworden ist. Man wälzt das eigene Versagen auf den anderen ab. Wenn man eine Partnerschaft aufrechterhalten will, sollte man sein Handeln überdenken und den Partner wieder besser wahrnehmen und sich mit dessen Wünschen und Erwartungen auseinander setzen.
Wenn man versucht, eine Partnerschaft aufzubauen, wird eine egoistische Einstellung nicht viel Erfolg bringen.

Die Kraft symbolisiert die seelische Stärke und innere Ausgeglichenheit, die man sich möglicherweise nach einigen Schicksalsschlägen wieder erarbeitet hat. Einsicht und Toleranz haben Einzug gehalten.

VIII Die Kraft

Man hat seelische Reife und Einsicht erlangt. Schicksalsschläge wurden gemeistert, und man ist gestärkt daraus hervorgegangen. Das Leben war vielleicht sehr schwierig und hat viel Kraft und Nervenstärke gekostet. Vielleicht gab es Krankheiten in der Familie, oder man musste als allein erziehender Elternteil alle Verantwortung tragen. Nun ist man wieder in der Lage, sich ernsthaft einer neuen Partnerschaft zuzuwenden.
In einer bereits bestehenden Partnerschaft wurden Probleme gemeinsam überwunden. Diese können finanzieller oder familiärer Art gewesen sein. Dabei musste auf eigene innere Reserven zurückgegriffen werden.
Manchen Menschen gelingt alles immer sehr leicht, andere müssen hart um vieles kämpfen. Trotz aller Schicksalsschläge ist man zu neuen Einsichten gelangt und hat an Toleranz gewonnen.

VIII Die Kraft umgekehrt

Man hat sich dem Selbstmitleid hemmungslos ergeben und findet es insgeheim schön, auch wenn man es nach außen hin abstreitet. Endlich kann man jedem erzählen, wie schlecht es einem geht. Vielleicht nimmt man Tabletten, um allerhand diffuse

Wehwehchen zu kurieren. Medikamente nehmen zu müssen beweist doch, wie sehr man leidet.
Eine Partnerschaft ist möglicherweise zu Ende, oder der Partner hat sich anderweitig orientiert, denn niemand hält so viel Selbstmitleid und die damit verbundenen Anschuldigungen und Verdächtigungen auf Dauer aus. Jetzt hat man erreicht, was man wollte. Man kann nun allein mit seinem Schicksal hadern. Wir sind jedoch die Lenker unseres Geschicks und haben einen solchen Weg selbst gewählt. Wenn man wieder ein erfülltes Leben führen will, sollte man aus diesem Tief herausfinden. Ein altes Sprichwort sagt: »Man lacht zu zweit, aber weint allein«.

IX Der Eremit

Der Eremit symbolisiert die innere Zurückgezogenheit. Man beschäftigt sich sehr viel mit seinen eigenen Gedanken und lebt vorzugsweise in Abgeschiedenheit. Diese Lebensform empfindet man als selbstverständlich, denn man benötigt das Alleinsein, um in Ruhe über sich und die Welt nachzudenken. Dieses Alleinsein wird nicht als Einsamkeit empfunden.
In einer Partnerschaft kann es bedeuten, dass man seinen Gefährten durch sein Verhalten auf Distanz hält oder dass dieser sich ausgeschlossen fühlt. Vielleicht ist man derjenige, der immer alle Entscheidungen trifft, ohne den Partner mit einzubeziehen. Man hat bei seinen Überlegungen das Wohl des Partners mit in Betracht gezogen, jedoch nicht nach seiner Meinung gefragt. Es ist sehr leicht möglich, dass sich der Partner durch ein solches ausschließendes Verhalten vor den Kopf gestoßen fühlt. Daher sollte man sich bemühen, offener zu werden. Man kann bei einer solch einseitigen Beziehung schnell vereinsamen. Manchmal ahnt man, dass in der Partnerschaft etwas nicht stimmt, man hört eine leise warnende innere Stimme, die einen immer wieder darauf aufmerksam macht. Es ist nicht so, dass die Partnerschaft unglücklich oder gefährdet ist, aber es fehlt der Ausdruck der wirklichen Zusammengehörigkeit. Man sieht sich mit einer nicht deutlich werdenden Gefahr für die Beziehung konfrontiert. Man sollte dieser inneren Stimme mehr Aufmerksam-

Es gibt Menschen, die sehr in sich gekehrt sind und am liebsten alles mit sich selbst ausmachen, ehe sie den Partner befragen oder Bescheid geben. Dieses Verhalten wird durch den Eremit symbolisiert.

keit schenken, es könnten sonst viele schöne gemeinsame Stunden verloren gehen. Der Eremit symbolisiert auch den inneren Ratgeber, der einem zur Seite steht, wenn man auf ihn hört.

IX Der Eremit umgekehrt

Ratschläge anzunehmen oder auf Warnungen anderer zu hören ist nichts für den Eremit umgekehrt. Seine Ruhe und Bequemlichkeit gehen ihm über alles. Die Partnerschaft ist von Langeweile gekennzeichnet.

Man hört auf keinen Rat, empfindet seine Partnerschaft als völlig in Ordnung und ist nicht bereit, durch Reden Probleme zu lösen. Das ist etwas für andere Leute. Dem Partner geht es anscheinend gut, und im Übrigen muss das Leben so genommen werden, wie es kommt. Man muss froh sein, einigermaßen vernünftig nebeneinanderher zu leben. Ein aufregender Partner ist man nicht mehr. Auch herrscht oft großes Schweigen oder gähnende Langeweile. Der Fernseher dürfte der größte Freund sein, denn davor kann man sich gut verstecken. Man ist allem und jedem gegenüber misstrauisch und möchte seine wohlverdiente Ruhe. Wie sieht es mit dem Partner aus, denkt er genauso? Ach so, das weiß man nicht, man hat ja nicht gefragt!

X Das Rad des Schicksals

Es herrscht neue Hoffnung, denn man hat sein Leben wieder in Ordnung gebracht und sich von seinen inneren Zwängen und negativem Denken befreit. Das Leben wird als Herausforderung angenommen. Die Einsamkeit ist zu Ende, und man sieht wieder schöner Zweisamkeit entgegen.
In einer Partnerschaft hat man turbulente Zeiten überwunden, vielleicht ist man zu der Erkenntnis gekommen, dass das Leben und eine Partnerschaft nicht nur aus Spaß bestehen können, sondern dass man für ein harmonisches Zusammenleben auch Verantwortung übernehmen muss. Wenn man mit finanziellen Schwierigkeiten gekämpft hat, so ist jetzt eine Besserung in Sicht. Berufliche Probleme, die eine Partnerschaft belastet haben, lösen sich auf, oder man findet die richtige Wohnung, nach der man immer gesucht hat. Der gemeinsamen Zukunft sieht man mit großem Selbstvertrauen entgegen. Das Rad des Schicksals hat sich gedreht, und man hat Aufwind.

X Das Rad des Schicksals umgekehrt

Man stemmt sich gegen jeden Wechsel in seinem Leben und macht sich damit das Dasein sehr schwer. Man will nicht einsehen, dass das Leben sich immer wieder ändert, und versucht, mit aller Gewalt an dem festzuhalten, was man hat und kennt. Der Partner möchte eventuell Änderungen vornehmen, die man mit aller Kraft zu verhindern weiß. Vielleicht ist es ein Orts- oder Berufswechsel, den man nicht annehmen will, aus Angst vor der neuen Herausforderung. Auch wenn man mit Macht alles beim Alten lassen will, wird man sich dem Fluss des Lebens nicht entziehen können. Es sollte nicht vergessen werden, dass ein Ende auch immer die Chance zu einem Neuanfang in sich birgt – und wer kann schon sagen, ob ein solcher Neuanfang nicht zu Größerem führen wird. Deshalb sollte man die Neugierde auf das Leben nicht verlieren.

Es ist immer schwierig, in seinem Leben einen Wechsel zu akzeptieren, der manchmal notwendig für die Weiterentwicklung ist. Das Rad des Schicksals umgekehrt zeigt, dass man sich mit Händen und Füßen wehrt und sich das Leben selbst sehr schwer macht.

XI Die Gerechtigkeit

Die Gerechtigkeit symbolisiert den kühlen Verstand des logischen Denkers. Gefühle werden nicht zugelassen, denn man ist großen Emotionen gegenüber skeptisch. In Krisensituationen schafft man die Balance zwischen Empfindungen und Verstand. Man möchte sich nicht von Gefühlen übermannen lassen, im Zweifelsfall siegt die Vernunft.

In einer Partnerschaft gibt man sich wahrscheinlich eher rational, was der Partner nur mit viel Gefühl durchbrechen kann. Zu viel Gefühl zu zeigen wird nicht als angenehm empfunden, ein wenig Distanz muss sein. Man ist nicht gleichgültig, doch lässt man sich von dem Verstand leiten, der einen vor dem Chaos aus dem Bauch getroffener Entscheidungen bewahrt. Und die Mitmenschen geben einem Recht: Man wird doch immer wieder um Hilfe gefragt, um ein solch entstandenes Wirrwarr letztendlich zu entflechten.

Man weiß, dass man Verantwortung tragen und dieser auch gerecht werden kann, man ist ein fairer und objektiver Partner, auf den in jeder Lebenslage Verlass ist.

XI Die Gerechtigkeit umgekehrt

Die Gerechtigkeit umgekehrt weist darauf hin, dass man das richtige Augenmaß verloren hat und sich über die Konsequenzen seines Handelns wenig oder keine Gedanken macht. Das belastet eine Partnerschaft sehr.

Wenn diese Karte auftaucht, denkt man nicht gerne logisch, und außerdem hält man ohnehin nichts von langem Nachdenken. Ist eine meist sehr spontane Entscheidung getroffen, dann muss diese sofort umgesetzt werden, und über die Konsequenzen wird später nachgedacht. Für den Partner oder die Familie ist das sehr aufregend, manchmal auch aufreibend, da nie sicher ist, was als Nächstes geschieht. Möglicherweise sind viele dieser Entscheidungen schlecht ausgegangen, da man sich nicht genügend Zeit zum Nachdenken genommen hat. Spontaneität ist schön, doch sollte man manchmal die eigenen Grenzen im Auge behalten, beispielsweise in finanzieller Hinsicht. Vielleicht zieht man die Familie in einen aufwändigen Lebensstil hinein, den sie eigentlich gar nicht will. Man erwartet vom Partner Verständnis für sein Handeln und unter Umständen auch für seine Verantwortungslosigkeit.

XII Der Gehängte

Der Gehängte symbolisiert die Bereitschaft, Opfer zu bringen, um etwas Besseres, Größeres zu erreichen. Wenn man alleine lebt, dann kann er bedeuten, dass man bereit ist, in sich zu gehen und die eigene Einstellung zu einer Partnerschaft zu überdenken und neu zu ordnen. Dies ist manchmal ein langwieriger und schwieriger Prozess, da man in die Tiefen seiner Seele hinabtauchen muss, auch empfindet man die Wahrheit nicht immer als angenehm. Die Mühe lohnt sich jedoch, denn man ist in der Lage, seine Einstellung und sein Leben zu ändern. Man erhält die Chance, sich von alten Vorurteilen zu befreien.

Der Gehängte bedeutet, dass alles auf den Kopf gestellt wird. Die bisherigen Verhältnisse werden neu geordnet. Wenn man vor einer Trennung stand, dann kann man sie jetzt abwenden. Wenn man bereit ist, die eigene Einstellung zum Partner neu zu überdenken, tut sich eine neue Chance zum gemeinsamen Leben auf. Es werden Opfer, eine innere wie äußere Wandlung gefordert, die sich auf lange Sicht als positiv erweisen wird. Vielleicht

ist es der Verlust einer Arbeitsstelle oder der plötzliche Wechsel in eine andere Umgebung, jedenfalls findet eine totale Umkehr statt. Wenn die Kinder groß sind, dann kann diese Karte das Selbstständigwerden der Kinder symbolisieren, die nun auf eigenen Füßen stehen und einen zwingen, das Leben neu zu ordnen. Auch hier ist ein Umdenken erforderlich, um die entstandene Leere wieder sinnvoll auszufüllen.
In einer neuen Beziehung ist man bereit, auf den Partner einzugehen, auch wenn es ein Opfer bedeutet. Vielleicht zieht man um, um dem neuen Partner nahe zu sein, vielleicht wechselt man auch aus diesem Grund seine berufliche Tätigkeit. Es kann aber auch sein, dass man die Einstellung zur Partnerschaft grundsätzlich ändert. Wenn man vorher nicht angebunden sein wollte, ist man jetzt bereit, sich zu binden. Diese Opfer bringt man immer freiwillig und gern.

Der Gehängte symbolisiert Opfer, aber dies ist eine positive Opferbereitschaft, die man gerne zeigt. Man ist bereit, das Leben neu zu ordnen und umzudenken, um seinem Leben einen neuen Sinn zu geben.

XII Der Gehängte umgekehrt

Bei dieser Karte fühlt man sich als das ewige Opfer: Man ist nicht bereit, seine innere Einstellung zu sich und seiner Umwelt zu ändern, und zieht deshalb immer wieder die gleichen Probleme in Partnerschaften an. Dabei liegt es an einem selbst und der eigenen unflexiblen Haltung, wenn jedes Mal ähnliche Schwierigkeiten auftreten. Man verliebt sich auch immer wieder in den gleichen Typ von Partner, der einen in seiner Opferrolle bestätigt. Man will nicht einsehen, dass eine Veränderung der eigenen Einstellung notwendig ist, um eine Veränderung in der Beziehung zu erreichen.
Man ist der Meinung, einfach kein Glück zu haben, und schiebt die Schuld lieber auf den anderen. In einer Partnerschaft vergeht man vor Selbstmitleid und beklagt, dass zu viel vom Partner oder der Familie gefordert wird. Mit dieser Einstellung wird der Familie sehr viel abverlangt, da sie sich das ständige Klagen anhören muss. Doch Glück schafft man sich nur durch eine gesunde Einstellung zu sich und anderen Menschen. Das erfordert ein In-sich-Gehen und die Bereitschaft zu erkennen, dass man vieles selbst zu seinen Problemen beiträgt.

XIII Der Tod

Der Tod ist eine der positivsten Karten des Tarot, denn sie verheißt eine Erneuerung, eine Wiedergeburt. Das Selbstvertrauen kehrt zurück, eine Partnerschaft, die Glück und Vertrauen verspricht nach einer möglicherweise unglücklichen Vergangenheit, ist zu erwarten. Die Zukunft hält, was sie verspricht.

Tod bedeutet hier eine Wiedergeburt und eine Erneuerung. Man hat nach einer Trennung die Trauerzeit überstanden, ist in sich gegangen und hat seine Wunden geheilt, seine Schmerzen gelindert. Man sieht der Zukunft mit viel Selbstvertrauen entgegen. Jeder Wechsel ist so etwas wie ein kleiner Tod, bei dem man mit der Vergangenheit abschließen muss, um für Neues frei zu sein. Zeit zum Trauern ist wichtig, denn sie ist Teil des Heilungsprozesses. Jetzt ist man dem Fluss des Lebens gefolgt und hat sich auch von vergangenen Schwierigkeiten nicht abschrecken lassen. Sieg und Triumph sind die Belohnung.

In einer neuen Beziehung bedeutet diese Karte einen ausgezeichneten Anfang. Wenn eine vergangene Beziehung unglücklich war, dann hat man jetzt das große Los gezogen, denn man fühlt sich den Herausforderungen gewachsen. Das neue Selbstvertrauen kommt auch dieser Beziehung zugute.

Man hatte die Hoffnung auf eine neue erfolgreiche Partnerschaft schon aufgegeben, doch jetzt ist sie da.

XIII Der Tod umgekehrt

Man sieht in allem und jedem die negative Seite und ist selbstzerstörerisch veranlagt. Es ist einem auch völlig gleichgültig, wen man verletzt, solange man nicht selbst verletzt wird. In einer Partnerschaft kommt man nicht weiter, man lebt nebeneinanderher. Dies erscheint unwichtig, solange der eigene Vorteil gewahrt bleibt. Das Feingefühl für den Partner ist verloren gegangen, die Liebe unter Eigeninteresse begraben. Vor lauter Selbstherrlichkeit geht der Bezug zu einem neuen Partner verloren.

Wenn man alleine ist, hat man die Hoffnung auf eine neue Beziehung aufgegeben und sich seinem Selbstmitleid ergeben. Man ist eher selbstzerstörerisch und hat die Schuld an seinem Unglück auf andere abgewälzt. So ein Verhalten wird jeden möglichen Partner abschrecken. Es ist dringend notwendig umzudenken, denn man trägt selbst zu seinem Unglück bei und kann die Verantwortung nicht abschieben.

XIV Die Mäßigkeit

Die beiden Kelche symbolisieren durch das immer während Hin- und Herschütten des Wassers, bei dem kein Tropfen verloren geht, dass man gut mit seinen Gefühlen umgehen kann. Wenn man vor Entscheidungen steht, zeigen sie auch, dass man zur richtigen Zeit am richtigen Ort ist. In einer Partnerschaft harmonisiert man sehr gut miteinander, ist zufrieden mit seinem Leben und mit dem, was man sich geschaffen hat. Man handelt einfühlsam, ist bereit zuzuhören und wird versuchen, Probleme aus der Welt zu schaffen, ehe sie schwer wiegend geworden sind. Harmonie ist ein ganz wichtiger Faktor im Leben.

Die Karte der Mäßigkeit zeigt auch an – sofern man berufliche Pläne verfolgt –, dass jetzt ein guter Zeitpunkt ist, Veränderungen mit dem Partner zu besprechen oder neue Ideen umzusetzen. Ein geplanter Umzug oder eine Wohnungssuche steht unter einem günstigen Stern.

Neu Verliebte tauschen nimmermüde Zärtlichkeiten aus und genießen die romantischen Stunden zu zweit. Diese Karte symbolisiert für sie die großen Gefühle, die man beispielweise empfindet, wenn man dem Sonnenaufgang entgegenwandert oder den ersten Sonnenstrahl auf einer einsamen Bergkuppe genießt.

Die Mäßigkeit zeigt, dass Romantik und Kuscheln in einer neuen Partnerschaft angesagt ist. Man wandert am liebsten Hand in Hand dem Sonnenaufgang entgegen. Als Partner lebt man in Harmonie und gegenseitigem Vertrauen und Rücksichtnahme.

XIV Die Mäßigkeit umgekehrt

Die Gefühle sorgen für Konfusion, denn man kommt nicht gut mit ihnen zurecht. Man sollte den Partner nicht zu sehr einzwängen. Vielleicht erstickt man ihn mit dauernden Forderungen nach Liebesgeständnissen. Man ist unsicher und weiß eigentlich nicht, mit seinen Emotionen umzugehen. Man gibt den Gefühlen freien Lauf, ohne sich darum zu kümmern, ob andere diesem Gefühlsüberschwang gewachsen sind. Wenn die erwartete Reaktion ausbleibt, fühlt man sich zurückgesetzt und versucht es noch etwas intensiver, doch das Ergebnis ist dasselbe. Es kann sein, dass der Partner durch diese Gefühlsausbrüche, die mit Liebesbezeugungen abwechseln, überfordert ist. Man sollte versuchen, seine Emotionen besser zu kontrollieren.

In einer neuen Partnerschaft will man jetzt schon ein Versprechen für immer haben, ohne sich die notwendige Zeit zum Kennenlernen zu geben. Gut Ding will Weile haben, doch das will oder kann man nicht einsehen. Möglicherweise steht man immer wieder vor gescheiterten Beziehungen, einfach weil man versucht hat, den anderen zu sehr zu vereinnahmen. Der Liebe wird die Luft zum Atmen genommen.

XV Der Teufel

Diese Karte symbolisiert die Angst, der man sich ausgeliefert fühlt und die doch nur im Kopf existiert. Wenn man sich die Karte genau ansieht, wird man feststellen, dass man sich von den imaginären Fesseln befreien kann, wenn man nur will.

Der Teufel symbolisiert zum einen die Angst vor einer neuen Partnerschaft. Eine frühere Beziehung ist nicht gut ausgegangen, und nun fürchtet man, dass eine neue Liebe vielleicht so enden wird wie die letzte. Man sehnt sich nach Zweisamkeit und Liebe und ergreift dennoch die Flucht, wenn sie sich verwirklichen könnte. Andererseits hat man vielleicht Furcht vor der Realität. Vielleicht hat man sich zu sehr in seine Träume von einem Idealbild der Liebe geflüchtet. Man hat Angst, Gefühle zu zeigen, weil man nicht verletzt werden will. Doch wenn man sich seinen Gefühlen nicht stellt, wird die Angst immer größer, und sie wird letztendlich den Wunsch nach einer Partnerschaft besiegen. Möglicherweise leidet man unter einem unbewussten Minderwertigkeitskomplex.

Wie oft hat man Angst und fragt sich später, warum eigentlich. Diese Angst wird vom Teufel symbolisiert. Man kann sich von ihr befreien, wenn man den Willen dazu hat, denn die Fesseln dieser Angst sind nur lose angebracht.

Wenn man in einer festen Partnerschaft lebt, hat man vielleicht Angst vor dem Partner. In einem solchen Fall sollte man versuchen, diese Ängste zu analysieren und – wenn wirklich Grund vorhanden ist – ernsthaft eine Trennung in Erwägung ziehen. Keinem Menschen sollte die Macht in die Hand gegeben werden, einen anderen in Angst und Hilflosigkeit zu versetzen. Man sollte sich sehr bewusst sein, dass die Ketten um den Hals des Paares auf dieser Karte sehr lose sind und damit symbolisieren, dass man die Fesseln ohne weiteres ablegen kann, wenn man es möchte und den Willen dazu aufbringt.

Mit Besonnenheit handeln

XV Der Teufel umgekehrt

Von seiner inneren Angst hat man sich befreit und fühlt sich als neuer Mensch, denn man hat sich mit seinen Schwierigkeiten erfolgreich auseinander gesetzt. Man war in der Lage, die Furcht in die richtige Perspektive zu rücken und dann abzulegen, und ist jetzt bereit, ein selbstbewussteres Leben zu beginnen. Oder man hat den Mut gefunden, sich bei einer schwierigen Partnerschaft aus der Unterdrückung zu befreien. Man ist ein neuer Mensch geworden, und es fühlt sich gut an, einmal nicht in selbst produzierter Angst zu leben.
Bei einer neuen Partnerschaft handelt man nach der Erkenntnis, die einem rät, diese langsam anzugehen und sich nicht von seinen Ängsten in überhastete Aktionen treiben zu lassen. Man hat genug Selbstachtung entwickelt, um nichts zu überstürzen.

XVI Der Turm

Ein neuer Partner ist in das Leben getreten und hat es total durcheinander gebracht. Vielleicht war man schon der Meinung, dass das Leben keine Überraschungen mehr zu bieten hat, doch jetzt erscheint alles anders. Das Leben wird völlig neu geordnet. Der Turm reißt alte Strukturen nieder.
Wenn man in einer festen Partnerschaft lebt, kann es bedeuten, dass man sie aufgibt, um eine neue Beziehung einzugehen. Ein Blitz aus heiterem Himmel ist eingeschlagen, das bisherige Leben aus den Fugen geraten, nichts mehr so, wie es vorher war. Man weiß, dass man sich noch einmal in das Wagnis der Liebe stürzen wird. Dazu ist die Trennung von der alten Partnerschaft unumgänglich, doch man ist bereit, auch schmerzliche Konsequenzen zu tragen. Eine solche Befreiung hat auch ihre positiven Seiten, denn sie ist eine Lösung aus alten Formen. Manchmal hat man sich so auseinander gelebt, dass ein solch drastischer Schritt der Trennung notwendig ist, um beiden Partnern in einer neuen Beziehung die Chance zu geben, glücklich zu werden. Es ist trotz allem eine schwierige Zeit, wenn man vor den Trümmern einer Partnerschaft steht.

Ein Blick und schon ist man wie vom Blitz getroffen. Das Leben wird nie mehr das gleiche sein. Der Turm symbolisiert eine solch dramatische Wandlung, bei der alles auf den Kopf gestellt wird, was einem bisher lieb und teuer war.

XVI Der Turm umgekehrt

Man hat vor den eigenen Problemen die Augen verschlossen, die Tür zu den Mitmenschen ganz fest zugemacht und sich in einen Elfenbeinturm geflüchtet. Doch Partnerschaftsprobleme werden sich durch diese Taktik nicht in Luft auflösen: Es wird zu einer Auseinandersetzung kommen müssen. Man kann sich nicht immer vor dem Leben und seinen Problemen verstecken. Wenn man sich umschaut, ist vielleicht niemand mehr da, vor dem man sich verstecken muss, denn der Partner ist bereits gegangen. Man macht sich das Leben unnötig schwer, da man in der Vergangenheit und in seinen Wunschvorstellungen lebt. Man kann sich eine Zukunft unter ganz anderen Bedingungen nicht vorstellen. Um ein erfüllteres Leben zu führen, sollte man sich der Realität des Lebens stellen.

Idealismus in seiner schönsten Form beschreibt der Stern. Man ist immer wieder bereit, seinem Leben einen neuen Aufschwung zu geben und sich durch Rückschläge nicht unterkriegen zu lassen. Liebe wächst und festigt sich.

XVII Der Stern

Man ist ein Idealist: Trotz aller Schwierigkeiten und trotz aller Widrigkeiten, die man in seinem Leben bereits erlebt hat, glaubt man fest daran, wieder einen Partner zu finden. Diese Karte sagt Ihnen, dass Ihre Zuversicht berechtigt ist.

In einer Partnerschaft werden Probleme zur gegenseitigen Zufriedenheit gelöst. Wenn man auf Nachwuchs hofft, dann kann sich dieser Wunsch jetzt erfüllen. Man geht ganz in seiner Partnerschaft auf. Es gibt nichts Schöneres, als für den Partner da zu sein. Eine neue Beziehung entwickelt sich so, wie man sich das vorgestellt hat. Die Liebenden passen gut zusammen, haben gemeinsame Interessen und Zukunftspläne. In einer Atmosphäre voller Selbstbewusstsein kann sich die Partnerschaft in Ruhe und Muße entfalten. Die Liebe wächst und festigt sich.

XVII Der Stern umgekehrt

In einer Partnerschaft gibt es immer wieder Streit und Unstimmigkeiten, doch eigentlich weiß man gar nicht so genau, warum. Die Beziehung ist ohne Wärme, und man fühlt sich alleine gelassen. Alle Gefühle, die man seinem Partner entgegenbringt, scheinen im Nichts zu versinken. Es kann aber auch sein, dass man selbst nur noch mit Unlust auf die Avancen seines Partners reagiert. Man sollte sich fragen, ob noch Liebe vorhanden ist oder ob man nur bleibt, weil man befürchtet, dem Stress eines neuen Lebens alleine nicht gewachsen zu sein. Man sollte sich eine Auszeit nehmen, um Kräfte zu schöpfen.

Der Wunsch, eine neue Partnerschaft einzugehen, wird eine Illusion bleiben. Man gaukelt sich selbst Gefühle vor und hat sich in seine Träume geflüchtet. Der oder die Angebetete wird nicht kommen, denn er oder sie ist nicht interessiert. Man sollte versuchen, aus seiner trügerischen Hoffnung herauszufinden und in die Wirklichkeit des Lebens zurückzukehren. Neue Partner gibt es nur in der Realität.

Der Mond versteckt so vieles, was lieber nicht das Licht des Tages erblickt. Er verheißt Unsicherheit, da man die Dunkelheit nur schwer durchbricht, und symbolisiert damit auch das Verhältnis, in dem sich die Partner miteinander befinden.

XVIII Der Mond

Der Mond verheißt Geheimnis und Unsicherheit zugleich. Die Karte des Mondes weist auf Verstecktes, nicht Ausgesprochenes hin – auch auf das Unterbewusstsein und dessen Kraft, die manchmal so schwierig zu begreifen ist.

In einer Partnerschaft spürt man, dass etwas nicht stimmt. Man ahnt, dass der Partner einen betrügt, doch man hat keine Beweise. Man ist verunsichert und verzweifelt. Vielleicht ist man es selbst, der den Partner betrügt und dies hinter Lügen und Intrigen versteckt. Vielleicht möchte man den Partner so lange hinhalten, bis die neue heimliche Liebe das hält, was sie verspricht. Man spielt nicht mit offenen Karten, solange man sich der neuen Situation nicht sicher ist, und verlegt sich auf das Taktieren und Verheimlichen. Dieses Versteckspiel kann auf Dauer nicht aufrechterhalten werden, irgendwann kommt die Wahrheit ans Licht. In dieser Partnerschaft gibt es von beiden Seiten Intrigen. Man spricht nicht aus, was einen bedrückt, und hat es aufgegeben, über seine wahren Gefühle zu reden oder seine Emotionen preiszugeben. So hat man sich einen Schutzwall aufgebaut, hinter dem man sich verstecken kann, der aber auch ein Gefängnis ist. Auch die Mauer von Jericho musste eines Tages fallen.

Eine neue Partnerschaft steht auf sehr unsicherem Grund. Man hat vielleicht noch eine andere Beziehung neben dem neuen Partner, die man nicht aufgeben will, oder mit seiner vorangegangenen Liebe noch nicht völlig abgeschlossen und trauert dem alten Leben nach. Dem neuen Partner wird damit keine wirkliche Chance eingeräumt. Er ist eigentlich nur ein Lückenbüßer, bis man weiß, was man will.

Wie der Phoenix aus der Asche wird man bei der Karte der Sonne wieder geboren. Alle Schwierigkeiten sind überstanden, als Ehepaar entdeckt man sich neu. Liebe, Romantik und Zuversicht erstrahlen in frischem Glanz.

XVIII Der Mond umgekehrt

Man fühlt sich in seiner Partnerschaft nicht wohl, hat aber nicht den Mut, es auszusprechen und die damit verbundenen Konsequenzen zu tragen. So lügt man sich und dem Partner etwas vor in der Hoffnung, dass es irgendwann von selbst besser werden wird. Aber man weiß, dass dieser Umstand nicht eintreten wird, ohne dass man etwas dafür tut. So läuft man durchs Leben ohne wirkliche Ziele und ohne Ahnung, wie es weitergehen soll. Doch wir sind nicht Opfer, sondern Schöpfer unseres Lebens: Wenn man nicht den Mut findet, sein Leben in die Hand zu nehmen, wird man auch keine wirkliche Erfüllung finden. Nachgiebigkeit und Unentschlossenheit sollten endlich überwunden werden, um sein Schicksal neu zu gestalten.

XIX Die Sonne

Die Sonne symbolisiert, dass man wie ein Phoenix aus der Asche neugeboren werden kann. Neue Selbstsicherheit wurde gewonnen, man hat den Mut gefunden, sich der Welt so zu zeigen, wie man ist, und versteckt sich nicht länger hinter einer Maske. Man hat sein Leben in die Hand genommen, einige schwierige Entscheidungen getroffen und ist daraus als überlegener Sieger hervorgegangen. Eine Partnerschaft erstrahlt in hellem Glanz. Der Partner ist überwältigt von so viel frischem Elan. Man hat erkannt, dass man gut zusammenpasst, und gibt dem Zusammenleben den richtigen Schwung. Es herrscht Freude über das Erreichte, aber auch Zufriedenheit darüber, dass der Partner neu

entdeckt wurde. Das gegenseitige Vertrauen ist wieder hergestellt. Wenn die Kinder aus dem Haus sind, hat man nun die Muße, sich wieder ineinander zu verlieben.
In einer neuen Partnerschaft herrscht jetzt eitel Sonnenschein: Man passt gut zusammen, ist voller Zuversicht und Lebensfreude und ganz sicher, den Partner gefunden zu haben, mit dem man sein weiteres Leben verbringen will.

XIX Die Sonne umgekehrt

Hier kommt ein Blender: Man möchte dem Partner mit seinen Errungenschaften und Kenntnissen imponieren und wundert sich, dass der nötige Respekt ausbleibt. Man glaubt möglicherweise, dass genügend Geld automatisch einen Vorfahrtsschein in der Liebe garantiert und dass die äußeren Werte das einzig Wichtige im Leben sind. Die innere Einsamkeit wird totgeschwiegen und von Aktivitäten übertönt, denn man kann sich immer wieder Gesellschaft kaufen, wenn man möchte, die Mittel dazu sind vermutlich vorhanden. Partnerschaften basieren nicht auf gegenseitiger Offenheit, Zuneigung und Vertrauen, sondern auf Oberflächlichkeit, der Partner wird kurzerhand ausgetauscht, wenn er seine Schuldigkeit getan hat.
In einer neuen Partnerschaft wird versucht, dem Partner etwas vorzumachen. Wenn man vermögend ist, dann wird mit Geld imponiert, oder man gaukelt der neuen Liebe etwas vor, das nicht der Wirklichkeit entspricht.

Eine Befreiung von alten Zwängen symbolisiert das Gericht. Man hat sich unwiderruflich von alten Einstellungen und Zwängen gelöst und lässt sich wieder auf tiefe Gefühle ein.

XX Das Gericht

Befreiung von alten Zwängen, Loslassen der überholten Gewohnheiten und Vorurteile sind die Stichworte. Möglicherweise hat man sich auch von einer alten, nicht mehr funktionierenden Partnerschaft getrennt, denn man hat eingesehen, dass diese Beziehung das Leben einengt und keine Erfüllung mehr bringt. Man hat erkannt, dass man sich auseinander gelebt hat, und ist bereit, die Konsequenzen zu ziehen. Das tut man ohne Angst, denn man weiß, dass eine Befreiung von einengenden Strukturen auch die Bereitschaft für ein neues Leben bedeutet. Das alte Leben oder eine alte Einstellung ist unwiderruflich zu Ende und sollte nicht länger einen Neuanfang blockieren.

Die Welt vereint alle Mühen und Anstrengungen, aber auch alle Freuden und Glückseligkeiten in sich. Man ist am Ende angekommen, das doch gleichzeitig wieder ein Neuanfang ist. Tiefe Liebe bestimmt eine Partnerschaft.

Wenn man in einer funktionierenden Partnerschaft lebt, dann kann es sein, dass sich das gemeinsame Leben grundlegend geändert hat und dass man auf diesen Wechsel eingegangen ist. Vielleicht musste man einen alten aufwändigen Lebensstil aufgegeben, um seine Schulden in den Griff zu bekommen, oder man hat eine andere Entscheidung getroffen, die mit früheren Fehlern bricht. Möglicherweise versucht man etwas, was man noch nie gemacht hat. Wer weiß, vielleicht hat man sich vorgenommen, die Welt zu umsegeln oder eine berufliche Auszeit zu nehmen.

Diese Karte sagt, dass etwas Altes ein für allemal überholt ist und man dies auch erkannt hat. Ein Wechsel oder Neuanfang wird positiv sein, auch wenn man es jetzt noch nicht so sehen kann. In einer neuen Partnerschaft ist man ein anderer Mensch. Man hat sein altes Ich hinter sich gelassen und erlebt sich völlig verwandelt. Wenn vorher die Gefühle versteckt wurden, so ist man jetzt bereit, sich darauf einzulassen, auch auf die Gefahr hin, dass man verletzt wird. Es ist wie eine seelische Befreiung von alten Zwängen, die neue Chancen eröffnet.

XX Das Gericht umgekehrt

Man hat sich und seine Talente verschwendet, seine Zeit vergeudet und die Möglichkeiten, die einem das Leben bot, nicht wahrgenommen. In einer Partnerschaft hat man kein Durchhaltevermögen gezeigt und gibt diese bei den geringsten Schwierigkeiten auf, nur um es später zu bereuen. Wenn Veränderungen anstehen, kann und will man unbedingt alles beim Alten lassen, aus Angst, die Kontrolle über die Partnerschaft zu verlieren. Doch diese Kontrolle ist ohnehin längst verloren. Man ist mit sich uneins und unzufrieden. Man schielt missgünstig auf andere Menschen und kann seinen Neid kaum zügeln. Diese Unzufriedenheit wird gerne dem Partner angelastet, doch irgendwann wird man auch selbst für sein Handeln einstehen müssen.

XXI Die Welt

Man hat die Reise beendet, seine Erfahrungen gemacht und weiß nun, dass das Leben andauernde Bewegung ist. Es gibt ein immer währendes Ende und damit auch einen immer währenden Anfang. Das Ende eines Kreislaufs ist erreicht, das Leben kann neu beginnen, bereichert durch die Erkenntnisse, die man auf der Lebensreise gewonnen hat.
Als Partner ist man verantwortungsbewusst und lebt mit Einfühlungsvermögen als ein gut eingespieltes Team, das sich gegenseitig versteht und respektiert. An die Stelle der großen Leidenschaft sind Vertrauen und tiefe Liebe getreten.
In einer neuen Partnerschaft besteht die feste Ansicht, am Ziel seiner Wünsche angekommen zu sein. Der Partner teilt die gemeinsamen Zukunftspläne, und man hat somit eine solide Grundlage, um eine Familie zu gründen. Man möchte Verantwortung für einen solchen Schritt übernehmen.

Jetzt hat man den Überblick verloren und hat Angst, die Kinder flügge werden zu lassen, sagt die Welt umgekehrt. Das Leben ist zu eingefahren, und man fürchtet sich vielleicht davor, mit dem Partner allein zu sein, weil man nicht mehr weiß, ob man sich verständigen kann. Sprechen Sie sich aus.

XXI Die Welt umgekehrt

In einer Partnerschaft steht man vor einem Rätsel – es hat doch bis jetzt so gut geklappt, und ganz plötzlich herrscht Funkstille. Der Partner oder man selbst hat Abstand genommen und ist nicht mehr so leicht erreichbar. Es sollte ein klärendes Gespräch geführt werden. Vielleicht hat man zu früh von Familienplänen gesprochen und dabei vergessen, den Partner zu fragen, wie er sich die Zukunft vorstellt? Es ist noch nicht alles verloren.
Man ist Glucke oder Patriarch, in jedem Fall zieht man es vor, die Kinder ganz fest in die Familie einzubinden und sie nicht zu selbstständig werden zu lassen. Fürchtet man sich davor, mit seinem Partner allein zu sein? Weiß man nicht, was man mit dem Partner reden soll, wenn man zu zweit ist und die Kinder kein Thema mehr sind? Man hat noch immer eine gute Partnerschaft, doch fehlt die notwendige Energie, diese neu zu beleben und die frühere leidenschaftliche Glut zu schüren. Man sollte mehr Gemeinsames unternehmen und sich nicht hinter Beruf und/oder Familie verstecken.

Legesysteme

Im Folgenden stelle ich Ihnen drei Legesysteme vor, die sich in Fragen der Partnerschaft bewährt haben: Das Keltische Kreuz, das Sechs-Karten-System und das Partnersystem. Sie können sich selbstverständlich auch jedes andere Legesystem aussuchen. Sie entscheiden, was Ihnen am meisten zusagt.

Man muss nicht immer auf jede gestellte Frage ein Endergebnis auflegen. Es kann sehr aufschlussreich sein, sich die Umstände der Fragen, etwa eigene Einstellung und den Verlauf, anzusehen und danach das »Endergebnis« selbst herbeizuführen. Das Sechs-Karten-System gibt Ihnen die Möglichkeit, eigene Schlüsse zu ziehen und eigene Entscheidungen zu treffen.

Das Sechs-Karten-System

Ehe ich unsere am Anfang gestellte Frage: »Liebt er mich?« beantworte, werde ich Ihnen das Prinzip des Sechs-Karten-Systems erklären, das von mir für solche Fragen entwickelt wurde. Das Sechs-Karten-System ist ganz bewusst ohne endgültiges Ergebnis entworfen worden, um sich nach dem Lesen der Karten über das eigentliche Thema, z. B. einen Streit, Klarheit zu verschaffen. Dieses Kartenmuster ist also offen, was bedeutet, dass es die Frage des endgültigen Ausgangs unbeantwortet lässt. Vielleicht werden manche protestieren, denn sie hätten gerne eine Antwort genau zu diesem Punkt. Das können Sie: Ziehen Sie einfach eine siebte Karte, und bestimmen Sie sie zur Deutung dieser Frage, wenn Sie das möchten.

Fragen zur Partnerschaft

Wenn man zu Partnerschaften Fragen stellt, ist es meistens aufschlussreicher zu erfahren, wie man seinen Partner wirklich sieht und einschätzt oder wie man selbst eingeschätzt wird, als zu wissen, wie eine Beziehung enden wird. Auch hat es sich bewährt, erst einmal die Hintergründe der Schwierigkeiten oder Missverständnisse, die eine Beziehung belasten, durch Legen von Tarotkarten besser zu verstehen.
Nicht immer lässt sich ein Partner gerne darüber befragen, was er von der Beziehung hält, selbst wenn er glücklich ist. Es ist für einen Partner oft sehr lästig, dauernd seine Liebe thematisieren

zu müssen, während der andere solche Beteuerungen nicht oft genug hören kann. Und selbst diese Beteuerungen werden seltsamerweise zumeist auch wieder angezweifelt.

Ein offenes System

Das Sechs-Karten-System ist sehr flexibel und kann auf viele Fragen Antwort geben, wie etwa »Liebe ich meinen Partner?« oder »Wie sieht unsere Partnerschaft aus?«. Wenn Sie die Karten für sich selbst lesen, denken Sie bitte daran, auch nach der Einstellung des Partners zu fragen, die Karten also auch von seinem Standpunkt aus zu betrachten. Im Folgenden zeige ich Ihnen verschiedene Möglichkeiten, wie Sie dieses System anwenden können. Ihrer Phantasie, damit zu experimentieren, ist keine Grenze gesetzt.

Mit dem Sechs-Karten-System kann man z. B. auch nach der Einstellung eines Partners zu seiner Partnerschaft fragen, wenn dieser nicht anwesend ist. Dies gilt auch, wenn Sie die Karten für jemand anderen legen.

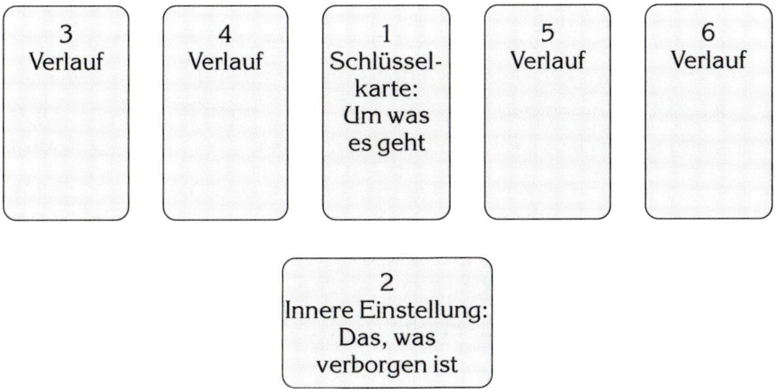

Die Bedeutung der Karten

- Karte 1 stellt immer die Schlüsselkarte dar, also das Thema, um das es geht.
- Karte 2, die darunter und quer liegt, zeigt die eigene innere Einstellung, eine Haltung, die man nicht nach außen zeigt. Vielleicht ist man sich auch des Themas nicht mehr bewusst oder hat es verdrängt. Wenn es nicht um die innere Einstellung einer Person geht, dann repräsentiert diese Karte, was über das gefragte Thema im Verborgenen liegt.

- Die Karten 3, 4, 5 und 6 sind so genannte Verlaufskarten. Sie geben detaillierte Antworten auf die gestellte Frage, und zwar bis zum gegenwärtigen Zeitpunkt.

Liebt er mich?

Hier erfahren Sie, wie die Karten die eingangs gestellte Frage: »Liebt er mich?« beantworten.

Karte 1 – Schlüsselkarte – As der Münzen
Diese Karte zeigt, wie der Freund diese Beziehung sieht. Er ist eher ein bedächtiger Typ, der sich für die Entwicklung der Beziehung Zeit lässt.

Liebt er oder sie mich? Ist wohl die am meisten gestellte Frage und ein »Ja« die innigst erhoffte Antwort. Wie steht es mit Ihrer Partnerschaft?

Karte 2 – Innere Einstellung – Neun der Münzen
Er sieht sich als jemand, der in seinem Leben etwas erreicht hat und mit seinem Leben zufrieden ist.

Karte 3 – Verlaufskarte – Der Eremit
Der Freund ist ein Mensch, der auf seinen eigenen Rat hört. Er verinnerlicht seine Gefühle und gibt sie nicht ohne weiteres preis.

Karte 4 – Verlaufskarte – Der Turm
Die Liebe hat ihn wie der Blitz getroffen: Diese Beziehung hat ihn vollkommen aus seinen alten, eingefahrenen Bahnen geworfen.

Karte 5 – Verlaufskarte – Vier der Stäbe
Er nimmt diese Beziehung nicht auf die leichte Schulter, sondern sie repräsentiert für ihn die Zukunft.

Karte 6 – Verlaufskarte – As der Kelche
Das As der Kelche gibt die Antwort auf die Frage nach der Liebe: Die Karte zeigt, wie sehr der Freund verliebt ist.

Deutung

Wenn man sich die Karten ansieht, dann kann man Folgendes erkennen: Der Freund ist ein Mensch, der eher langsam etwas aufbaut und nicht stürmisch in eine Beziehung geht (As der Münzen). Er ist vielleicht ein bisschen eigenbrödlerisch, behält seine Gedanken für sich und trifft seine Entscheidungen in aller Stille (Der Eremit). Er ist mit dem, was er im Leben erreicht hat, sehr zufrieden (Neun der Münzen). Von dieser Beziehung ist er überrascht und überrumpelt worden, die Gefühle der Liebe haben ihn wie ein Blitz getroffen (Der Turm). Er ist sehr glücklich und möchte diese Partnerschaft zu einem festen Bestandteil in seinem Leben machen. Er ist verliebt (As der Kelche) und schwelgt in Gefühlen, die ihm, einem eher praktischen Menschen, eigentlich fremd sind. Die Antwort auf die Frage »Liebt er mich?« ist deshalb ein uneingeschränktes Ja.
Was die Fragestellerin etwas verunsichert hatte, war die Tatsache, dass der Freund seine Gefühle wenig gezeigt hatte. Jetzt weiß sie, dass er jemand ist, der nicht leicht über seine Empfindungen sprechen wird (Der Eremit), doch die Gefühle sind vorhanden, und wie man sehen kann, ist der Partner mehr als verliebt, auch wenn er nicht darüber spricht.
Die Quersumme dieser Lesung ist 4 (40 = 4 + 0 = 4) und bestätigt, dass man auf diese Liebe bauen kann.

Die Verlaufskarten zeigen ganz deutlich, wie sich diese Partnerschaft für »ihn« darstellt und entwickelt hat. Tarotkarten erlauben Ihnen, für sich nach der Motivation Ihres Partners zu fragen und die Antworten vielleicht zur Diskussion zu stellen.

Warum kann ich nicht den richtigen Partner finden?

Frau H., 34 Jahre, lebte seit einiger Zeit alleine und war trotz aller Bemühungen nicht in der Lage, eine neue Partnerschaft einzugehen. Vor einiger Zeit hat sie einen Mann kennen gelernt, den sie hin und wieder sieht, um mit ihm auszugehen oder etwas zu unternehmen, aber es wird keine echte Beziehung daraus.
Auf die oben gestellte Frage antworten die Karten wie folgt:

Karte 1 – Schlüsselkarte – Ritter der Stäbe umgekehrt
Hier zeigt sich eine Person, die sehr egoistisch eingestellt ist und ihren Vorteil um jeden Preis wahrt, egal, was es kostet.

Karte 2 – Innere Einstellung – Fünf der Schwerter umgekehrt
Frau H. wurde in einer früheren Beziehung betrogen und leidet noch sehr unter diesem Betrug. Dass diese Karte unter dem Ritter der Stäbe liegt, deutet darauf hin, dass sie von dem Mann hintergangen wurde, den diese Karte repräsentiert.

Das Sechs-Karten-System kann eine echte Lebenshilfe sein, wenn man sich über sein Leben oder die eigene Einstellung klarer werden möchte.

Karte 3 – Sieben der Kelche
Frau H. ist noch sehr unschlüssig, ob sie wirklich eine Partnerschaft eingehen möchte. Sie hat große Bedenken und Ängste vor einer zu engen Bindung, andererseits fürchtet sie, durch ihre Unentschlossenheit den Partner zu verlieren.

Karte 4 – Vier der Schwerter
Sie hat sich zurückgezogen, um Mut zu schöpfen. Die Frage Bindung oder Unabhängigkeit beschäftigt sie sehr stark. Sie fühlt sich als selbstständige Frau, die mit ihrem Leben gut zurechtkommt. Sie möchte nicht alleine leben, macht aber sofort einen Rückzieher, wenn jemand Interesse zeigt.

Karte 5 – Zwei der Stäbe
Frau H. hat es trotz aller Zweifel gewagt, dem Mann ihres Herzens eine Nachricht zu schicken. Sie wartet nun voller Hoffen und Bangen auf eine Antwort, zumal sie eigentlich gar nicht sehr viel über ihn weiß. Sie kennt seine privaten Verhältnisse nicht.

Karte 6 – Ritter der Kelche
Die letzte Karte zeigt, dass sie sich einen Mann ausgesucht hat, der auch keine feste Bindung eingehen möchte. Er ist charmant und sehr gefühlvoll und deshalb auch für sie so anziehend.

Deutung

Die Karten zeigen, dass für Frau H. ihre sehr unglückliche vorangegangene Beziehung immer noch ein Thema ist (Ritter der Stäbe umgekehrt). Sie fühlt sich immer noch ausgebeutet und betrogen, hat sich noch nicht frei gemacht von den früheren Enttäuschungen und leidet unter dem Verlust ihres Selbstwertgefühls (Fünf der Schwerter umgekehrt). Das prägt auch ihre Einstellung zu einer neuen Beziehung.
Die Sieben der Kelche sagt deutlich, dass sie eigentlich noch völlig unentschlossen ist, ob sie überhaupt eine neue Beziehung eingehen möchte. Das bestätigt ihr auch der Rückzug, den sie gemacht hat (Vier der Schwerter). Jetzt hat sie sich verliebt und versucht, aus ihrem Gefängnis auszubrechen. Sie hat den Vorstoß gewagt und ihrem Wunschpartner eine Nachricht geschickt (Zwei der Stäbe). Der Ritter der Kelche allerdings weist sie darauf hin, dass dieser Mann nicht unbedingt eine feste Partnerschaft eingehen möchte. Er ist eher der Liebhaber, der sich nicht festlegen will, der sich höchstwahrscheinlich bei dem kleinsten Hauch von familiären Verpflichtungen entziehen wird. Auf Frau H. wirkt er allerdings unwiderstehlich, weil er gefühlvoll ist und auch für ihn ihre Gefühle wichtig sind.
Die Quersumme dieser Lesung ist 9, d. h., Frau H. wird aufgefordert, mit ihrer Vergangenheit abzuschließen, um einen Neubeginn erfolgreich zu gestalten.

Da es keine Karte gibt, die sagt, wie diese Beziehung ausgehen wird, ist es der Fragestellerin selbst überlassen, erst einmal über die angesprochenen Probleme nachzudenken und sich ihre Zukunft unvoreingenommen zu gestalten.

Gestaltung der Zukunft

Warum gibt es keine Karte, die zeigt, wie es ausgehen wird? Das ist Frau H. selbst überlassen. Sie sollte sich mit der Frage beschäftigen, warum es ihr so schwer fällt, mit ihrer Vergangenheit abzuschließen, verbunden mit der Frage, was in ihrer vorangegangenen Partnerschaft schief gelaufen ist und was sie selbst zum Miss-lingen beigetragen hat, um die gleichen Fehler in der neuen Beziehung zu vermeiden.

Wie sehe ich meinen Freund?

Carola war 22 Jahre alt, frisch verliebt und kannte ihren Freund seit acht Monaten. Sie mochte ihn zwar sehr gerne, aber hatte ihre Zweifel, ob er der Richtige für eine dauerhafte Beziehung wäre. Ihr Freund wollte mit ihr zusammenziehen, und deshalb wollte sie mehr über ihre Gefühle für ihren Freund wissen.

Wenn man sich über seine Gefühle für einen Partner nicht im Klaren ist, können Tarotkarten ein unbestechlicher Ratgeber sein.

Karte 1 – Schlüsselkarte – Der Narr umgekehrt
Die Schlüsselkarte sagt Carola, dass sie dem Schritt, in eine gemeinsame Wohnung zu ziehen, nicht sehr aufgeschlossen gegenübersteht. Ihr Freund drängt, doch sie ist skeptisch.

Karte 2 – Innere Einstellung – Vier der Schwerter
Ihre innere Einstellung zeigt, dass sie sich erst einmal zurückgezogen hat und über dieses Thema nicht sprechen möchte. Sie hat sich Luft verschafft, um über ihre Gefühle nachzudenken, auch wenn das bei ihrem Partner auf Unverständnis stößt.

Karte 3 – Zwei der Münzen
Carola sieht ihren Freund als einen Mann, der sein hektisches Berufsleben und ihre gemeinsam verbrachte Zeit sehr gut vereinen kann. Das imponiert ihr. Sie weiß, sie kann sich auf ihn

verlassen. Sie würde sich manchmal wünschen, er wäre weniger durchschaubar und etwas aufregender.

Karte 4 – Der Eremit umgekehrt

Sie ist verunsichert, weil er ihre Einwände nicht ernst nimmt. Für ihn ist ihre Gemeinschaft längst entschieden. Sie findet, dass er die Partnerschaft als zu selbstverständlich ansieht, und vermisst, umworben zu werden.

Karte 5 – Zwei der Stäbe umgekehrt

Für Carola ist diese Partnerschaft mit zu vielen Unstimmigkeiten behaftet – sie scheint ihr keine Zukunft zu haben.

Karte 6 – Die Welt umgekehrt

Ihr anfänglicher Enthusiasmus hat sich gehörig abgekühlt. Carola weiß nicht genau, wann das anfing, aber sie hat nur noch wenig Neigung, diese Partnerschaft aufrechtzuerhalten.

Es zeigt sich, dass das, was man sich als Liebe vorgaukelt, nicht immer wirkliche Liebe ist. Tarotkarten zeigen diesen Unterschied sehr schön auf und ermöglichen der Fragestellerin damit die Chance, ihrer Beziehung eine neue Basis zu geben.

Deutung

Obwohl Carola anfangs mit Begeisterung von ihrem Freund gesprochen hatte, musste sie jetzt bestätigen, dass sie von gehörigen Zweifeln geplagt war. Sie gestand, dass ihr Freund sich nach acht Monaten schon fast wie verheiratet fühlte und zu viel als selbstverständlich hinnahm. Das ärgerte sie, sie war aber bisher noch nicht fähig gewesen, über ihren Frust mit ihrem Freund zu sprechen. Je mehr er Druck machte, desto weiter zog sie sich zurück. Carola war sehr nachdenklich geworden, aber sie war sich bislang noch nicht bewusst gewesen, wie groß ihre innere Ablehnung schon geworden war. Sie wollte diese Partnerschaft nicht beenden, wusste jedoch, dass ein Gespräch mit dem Partner herbeigeführt werden musste.

Es ist allerdings zweifelhaft, ob diese Partnerschaft von Dauer sein wird. Es scheint, dass die Ansichten, wie diese Partnerschaft gestaltet werden soll, bei beiden sehr unterschiedlich sind.

Die Quersumme dieser Lesung ist 11: Die Zahl für Sensibilität und Verunsicherung weist darauf hin, dass Carola nicht weiß, wie sie dieses Problem bewältigen soll. Es geht für sie ja auch darum, ob sie diese Partnerschaft aufrechterhalten soll oder ob sie wieder von vorn anfangen muss.

Zeitfragen

Wenn man das Sechs-Karten-System nach einer Zeit befragt, beispielsweise: »Wie wird sich meine Partnerschaft im Verlauf des kommenden Monats entwickeln?«, dann zeigen die Karten folgendes Bild:

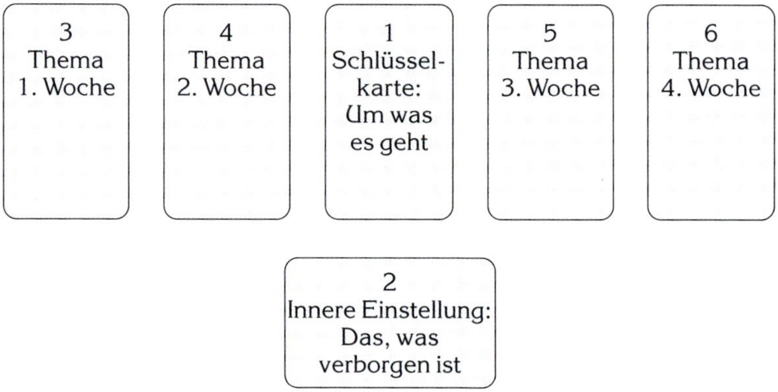

Dieses System ist auf jeden Zeitverlauf anzuwenden. Man nimmt lediglich den Zeitrahmen, den man sich gesetzt hat, und teilt ihn durch die Zahl Vier. Die vier Verlaufskarten zeigen jeweils das Thema an, das für den Zeitraum von Bedeutung ist.

So ein Zeitsystem können Sie für einen Tag, eine Woche oder jede beliebige Zeit einsetzen. Die vier Verlaufskarten zeigen jeweils das Thema für den ihnen zugeteilten Zeitraum. Soll beispielsweise der Verlauf eines Tages bestimmt werden, so beschreiben die Karten Drei und Vier den Vormittag und die Karten Fünf und Sechs den Nachmittag und Abend.

Es kann hilfreich sein, wenn man sich den Verlauf einer Partnerschaft über einen bestimmten Zeitraum ansieht und Auskunft bekommt, welche Themen in dieser Zeit anstehen. Dieses Zeitsystem ist universal anwendbar.

Wie wird sich unsere Partnerschaft entwickeln?

Renate F. hat seit längerem einen Freund, mit dem sie sich oft streitet. Sie haben sich inzwischen wieder versöhnt, und jetzt möchte sie wissen, wie die Beziehung zu ihrem Partner im kommenden Monat aussehen wird.

Die Karten geben folgende Antwort:

Karte 1 – Die Welt
Renate F. ist sicher, dass sie am Ziel ihrer Wünsche angekommen ist. Mit diesem Mann möchte sie eine Familie gründen.

Karte 2 – Ritter der Schwerter
Sie ist sich bewusst, dass sie sich mit einem sehr unbeständigen Menschen eingelassen hat, der Langeweile nicht verträgt und immer neue Anregungen sucht. Sie weiß, dass sie mit ihm ein eher aufregendes Leben voller Überraschungen führen wird.

Hier zeigt sich, dass die Fragestellerin immer wieder diejenige sein wird, die nachgibt. Sie ist unerschütterlich davon überzeugt, den richtigen Partner gefunden zu haben, und bereit, alles für die Beziehung zu tun.

Karte 3 – Vier der Stäbe
Die erste Woche steht noch unter dem Zeichen der Aussöhnung. Sie sind wieder wie neu verliebt und genießen ihre Zweisamkeit.

Karte 4 – Sieben der Stäbe
Verdächtigungen schleichen sich ein. Die vergangene Enttäuschung ist noch nicht vollständig verarbeitet. Frau F. sollte sich die Menschen, die sie gegen den Partner beeinflussen wollen, genauer ansehen, falls Misstrauen aus der Umgebung geschürt wird. Vielleicht werden eigene Interessen verfolgt.

Karte 5 – Sechs der Schwerter
Es hat sich wieder alles beruhigt. Man hat sich ausgesprochen. Vielleicht werden Urlaubspläne diskutiert.

Karte 6 – Der Stern
Tief im Innersten ihres Herzens ist Frau F. eine Idealistin und fest davon überzeugt, dass sich ihre Partnerschaft bewähren wird. Der Stern sagt ihr, dass dieser Glaube berechtigt ist.

Deutung

Auch wenn man dieses Sechs-Karten-System für einen Zeitverlauf legt, wird die Schlüsselkarte immer das Thema aufzeigen, das für den Fragenden in diesem Moment am wichtigsten ist. In diesem Fall bestätigen die Karten, dass sich die Partner wieder versöhnt haben und dass Frau F. ganz fest an diese Partnerschaft glaubt. Sie fühlt sich jedoch durch die Unstetigkeit ihres Partners auf der einen Seite sehr verunsichert, auf der anderen Seite gefällt es ihr, dass sie ihr Partner immer wieder in Atem hält. Wie man sieht, wird der geschlossene Frieden in der ersten Woche halten, in der zweiten Woche aber wieder von Misstrauen abgelöst. Die Sechs der Schwerter sagt allerdings, dass sich die Partnerschaft festigen wird. Für Frau F. ist ihr Partner der Mann fürs Leben. Sie ist bereit, für diese Beziehung zu kämpfen, und voller Hoffnung, eine Lösung zu finden.
Die Quersumme dieser Lesung ist 11. Dies weist Frau F. noch einmal darauf hin, dass sie über ihren Partner sehr verunsichert ist und manchmal nicht weiß, wie sie sich verhalten soll.

Einen Zeitverlauf sollte man sich für die Partnerschaft nicht für jede Woche oder jeden Monat ansehen, sonst vergisst man leicht dabei, seine eigenen Entscheidungen zu treffen. Nehmen Sie Kartenaussagen als Ratgeber, entscheiden Sie jedoch selbstständig, Sie tragen ja auch die Konsequenzen.

Eine Warnung

Es ist sehr verführerisch, sich den Verlauf einer Partnerschaft jeden Monat oder auch jede Woche anzusehen. Hier sind Vorsicht und gesunder Menschenverstand geboten. Sie können Ihre Probleme natürlich nicht über die Karten lösen, und wenn man jeden Monat die Karten legt, um nachzusehen, ob die Partnerschaft gut oder schlecht verlaufen wird, dann ist die Gefahr, dass man nur nach den Aussagen der Karten handelt, ziemlich groß. Man kann sehr leicht den Blick für die Realität verlieren. Tarotkarten sind als Hinweise zu sehen und nicht als das Bestimmende einer Entscheidung. Doch in Zeiten großer Verunsicherung kann dieses Zeitsystem sehr hilfreich sein, weil es Aufschluss darüber gibt, wie es in einer Partnerschaft aussieht.
Lassen Sie sich nicht erschrecken, wenn sehr viele negative Karten in einer Lesung erscheinen. Der Leitsatz sollte immer heißen: »Wie gehe ich am besten mit diesen Schwierigkeiten um, und wie

wende ich diese Schwierigkeiten zum Guten für mich?«. Also sagen Sie sich bitte nie: »Die Karten haben mir vorausgesagt, dass es ein schlechter Monat wird, deshalb muss ich diesen Monat leiden«. Es wäre wichtiger, sich Gedanken zu machen, warum so viele schwierige Karten erschienen sind und welche eigene negative Einstellung dazu beigetragen haben könnte. Ihre Haltung können Sie ändern – und damit den Verlauf der Karten.

Das Keltische Kreuz ist ein sehr aussagefähiges Legesystem, das sich großer Beliebtheit erfreut. Es enthält auch verschlüsselte Aussagen über den Zeitrahmen, innerhalb dessen sich die Frage abspielen wird.

Das Keltische Kreuz

Ein anderes, schon seit langem sehr beliebtes System ist das Keltische Kreuz. In diesem Legesystem hat jede Karte einen fest zugewiesenen Platz, der über verschiedene Aspekte der Frage und ihre Veränderungen Auskunft gibt:

- Position 1, die Schlüsselkarte, beschreibt das Thema, um das es geht, und die Situation, in der sich der Fragesteller befindet.
- Position 2: Diese Karte kreuzt das Thema und macht deutlich, ob die gegenwärtige Situation unterstützt oder ob diese behindert wird.
- Position 3 zeigt, wie man sich nach außen darstellt oder wie eine Situation nach außen dargestellt wird.
- Position 4 ist das, was zu der gegenwärtigen Situation beiträgt, was man insgeheim darüber denkt oder unbewusst tut.
- Position 5 ist die Gegenwart – das, was den Fragenden beeinflusst und wie sich sein Leben im Zusammenhang mit der Frage zum gegenwärtigen Zeitpunkt darstellt.
- Position 6 zeigt die zukünftigen Einflüsse – die Themen, mit denen der Fragende in Kürze konfrontiert sein wird.
- Position 7 beschreibt die Einstellung, die der Fragende zu seiner gegenwärtigen Situation hat.
- Position 8 beleuchtet, wie andere Menschen die Situation des Fragenden sehen oder wie sie den Fragenden einschätzen.
- Position 9 zeigt die eigenen Hoffnungen und Ängste, je nachdem, ob die Karten positiv oder negativ sind.
- Position 10, das »Endergebnis«, beschreibt, wie sich die Situation letztendlich entwickeln wird.

Beachten Sie bitte bei diesem System die zwei Aussagen über Ihre innere Einstellung, Karte 4 und 7, und Ihre Hoffnungen und Ängste, Karte 9. Diese Karten sind sehr aufschlussreich im Hinblick darauf, was Sie selbst zum Thema beitragen.

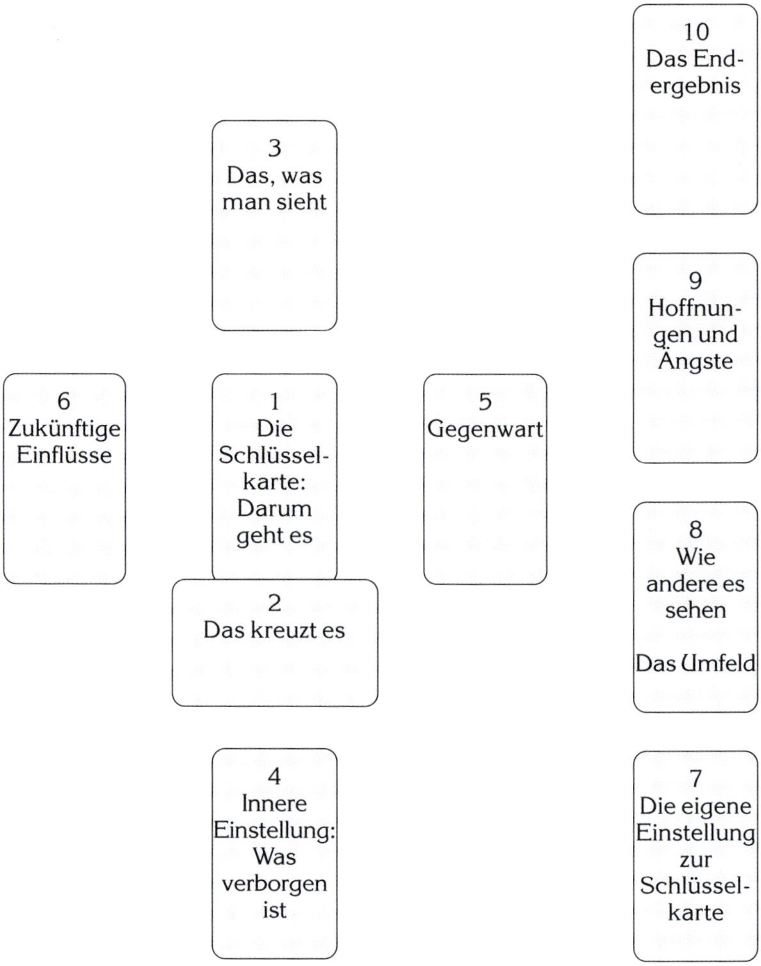

Wie sieht meine Ehe aus?

Frau W. war schon einige Jahre mit ihrem Mann verheiratet. Nun stellte Sie den Karten die Frage, wie es um ihre Ehe stehe. Sie lehnte es ab, sich vor der Lesung näher über ihre Beziehung zu äußern, sondern wollte lieber abwarten, was ihr die Karten sagen würden.

Frau W. zog die folgenden zehn Karten:

Asse sind immer ein positiver Anfang und erhalten deshalb sehr viel Gewicht für die Gesamtaussage.

Karte 1 – Schlüsselkarte – As der Münzen
Das As der Münzen als Schlüsselkarte sagt aus, dass Frau W. der Ansicht ist, dass ihre Ehe auf einer soliden Grundlage steht und die Partner sich gemeinsam viel erarbeitet haben.

Karte 2 – As der Kelche
Gekreuzt wird diese Karte vom As der Kelche; das bedeutet, dass die Chance besteht, seine nach der langen Zeit verschütteten Gefühle füreinander wieder neu zu entdecken.

Karte 3 – Der Magier

Darüber steht der Magier: Frau W. zeigt nach außen Selbstbewusstsein und Selbstvertrauen. Sie ist jemand, der die Geschicke der Familie fest im Griff und Vertrauen in die Ehe hat.

Karte 4 – Zwei der Kelche umgekehrt

Das, was darunter ist, die eigene innere Einstellung, die Zwei der Kelche umgekehrt, zeigt ein anderes Bild. Frau W. sieht diese Ehe nicht so positiv, wie sie nach außen vorgibt. An ihr zehren dauernde Unstimmigkeiten in der Partnerschaft. Sie steht ihrer Ehe sehr skeptisch, wenn nicht schon gleichgültig gegenüber.

Karte 5 – Drei der Stäbe umgekehrt

Die momentanen Einflüsse, die Gegenwart: die Drei der Stäbe verkehrt. Diese Karte erzählt, dass in dieser Ehe eher Schweigen als Kommunikation an der Tagesordnung ist. Die Partner haben sich schon seit einiger Zeit nicht mehr viel zu sagen. Im Moment macht jeder, was er möchte. Gemeinsamkeit besteht nicht.

Wenn man die Karten für sich selbst liest, sieht man sich zuerst die einzelnen Karten und ihre Aussagen an und verknüpft dann das Ganze zu einer Gesamtaussage.

Karte 6 – Zehn der Stäbe

Die zukünftigen Einflüsse zeigt die Zehn der Stäbe. Auf Frau W. werden schwierige Zeiten zukommen. Sie wird sich überfordert und möglicherweise ausgenutzt fühlen. Frau W. sollte überlegen, warum das so ist und ob sie lernen kann, mehr zu delegieren.

Karte 7 – Der Hierophant umgekehrt

Der Hierophant umgekehrt sagt etwas über die Einstellung zum Thema aus. Frau W. hat stets eine feste eigene Meinung und lässt nicht ohne weiteres die anderer gelten. Sie wundert sich allerdings, warum ihr nicht mehr Anerkennung gezollt wird, die ihr, wie sie meint, zusteht. Sie tut doch alles für ihre Familie.

Karte 8 – Drei der Münzen

Die Drei der Münzen zeigt, wie das Umfeld die beiden Partner sieht – als in einer Partnerschaft lebend, in der gemeinsam etwas aufgebaut wurde. Vielleicht wurde ein Haus gebaut. In der Meinung anderer haben sich beide eine sichere Grundlage geschaffen, sie werden als erfolgreich und glücklich eingeschätzt.

Karte 9 – König der Kelche umgekehrt

Hoffnungen und Ängste: Der König der Kelche umgekehrt zeigt deutlich, dass sich Frau W. Sorgen macht, dass ihr Mann das Interesse an der Ehe verliert oder nur aus Bequemlichkeit bleibt.

Karte 10 – Vier der Kelche umgekehrt

Das Endergebnis, die Vier der Kelche umgekehrt, zeigt wieder ein erfreulicheres Bild. Die Partner werden einen Weg finden, ihre Ehe aus der festgefahrenen Routine herauszuholen und sich eine echte Chance zu neuer Gemeinsamkeit zu erarbeiten.

Die Quersumme dieser Lesung ist 3 (30 = 3 + 0 = 3) und verheißt neuen Schwung in dieser Ehe.

Der Zeitrahmen, in der sich diese Frage abspielen wird, beträgt zehn Wochen. Dies wird durch die Zehn der Stäbe als sechste Karte ausgesagt. In dieser Zeit sollten Frau W. und ihr Mann zu einem besseren Verständnis füreinander zurückgefunden haben.

Die Karten sagen hier, dass die Struktur der Ehe solide ist und auf beiden Seiten noch Gefühle füreinander da sind, die aber im Alltagsleben und im täglichen Stress untergegangen sind. Es gilt, sie neu zu entdecken.

Deutung

Wenn man sich das Bild der Karten im Allgemeinen ansieht, bemerkt man die Zerrissenheit in dieser Ehe. Nach außen wird Stärke demonstriert, vielleicht der Kinder oder der Leute wegen, aber nach Innen zeigt sich das genaue Gegenteil. Es sieht so aus, und Frau W. bestätigte das auch, als würde das gemeinsame Leben als selbstverständlich hingenommen werden.

Während des gemeinsamen Aufbaues ihrer Zukunft waren beide sehr beschäftigt gewesen. Nachdem sie jetzt aus dem Gröbsten heraus waren, mussten sie feststellen, dass sie verlernt hatten, miteinander zu reden. Sie hatten sich nur mehr sehr wenig zu sagen. Frau W. hatte Bedenken, dass ihr Mann nur noch aus Bequemlichkeit bei ihr blieb. Sie war sich ihrer Gefühle aufgrund der Schweigsamkeit ihres Mannes nicht mehr sicher und meinte nun, er würde sie nicht mehr lieben.

Die Schlüsselkarte und das, was diese Karte kreuzt, war im Gegensatz dazu sehr viel positiver. Beide haben noch sehr viele Gefühle füreinander, und sie können ihre Liebe wieder neu erstehen lassen. Frau W. hat außerdem nicht klar gesehen, dass sie durch ihr stures Verhalten ihre Familie gängelte. Sie wird sich bemühen, mit ihrer Schwäche bewusster umzugehen und auch ihren Hang zum Selbstmitleid in den Griff zu bekommen.

Die wichtigen Karten in einer solchen Lesung sind für mich diejenigen, die die inneren Einstellungen zeigen. Zum einen wird klar,

dass Frau W. im tiefsten Inneren der Meinung war, es bestehe keine Liebe mehr in ihrer Ehe (Zwei der Kelche umgekehrt), dass sie sich ungeliebt und ausgenutzt vorkam (Der Hierophant umgekehrt, der König der Kelche umgekehrt).
Das Schweigen in dieser Ehe war mit ein Ausdruck dieser inneren Einstellung. Frau W. hatte selbst lange keine wirklich positive Energie in ihre Ehe eingebracht. Und doch war die Substanz noch vorhanden, demonstriert durch das As der Münzen, und es bestand die Möglichkeit, ihre Liebe wieder in den Vordergrund zu rücken, symbolisiert durch das As der Kelche, was Frau W. freudig überrascht zur Kenntnis nahm.

Wie sich eine Partnerschaft entwickeln wird, ist eine Frage, die vom Keltischen Kreuz gut beantwortet werden kann. Beachten Sie auch, dass die Karten nicht nur Ihre Zukunft, sondern auch immer Ihre Gegenwart beschreiben und Ihnen darüber neue Einsichten geben.

Wie wird sich unsere Partnerschaft entwickeln?

Maria und Christopher waren ein junges Paar, das sich noch nicht allzu lange kannte, aber sie waren sehr verliebt. Maria war einige Jahre älter als ihr Freund. Es gab heftige Opposition aus den Reihen der Familie gegen diese Beziehung, und Maria wollte nun wissen, wie sich diese Partnerschaft entwickeln würde.

Karte 1 – Das Rad des Schicksals
Das Rad des Schicksals als Schlüsselkarte zeigt, dass sich für Maria mit dieser Partnerschaft das Leben wieder zum Positiven gewendet hat. Das empfindet sie auch so. Sie bestätigt, dass sie eine lange Zeit gebraucht hat, um die Trennung vom ehemaligen Partner zu verarbeiten, obwohl am Ende nur noch sehr wenig Zuneigung vorhanden gewesen war.
Karte 2 – Vier der Münzen
Was kreuzt, ist die Vier der Münzen, die uns sagt, dass Maria trotz aller Zuversicht ihrem neuen Partner gegenüber Gefühle zurückhält, sie traut ihrem Glück nicht so ganz und möchte Gewissheit haben, dass Christopher genauso tief empfindet wie sie.
Karte 3 – Die Sonne
Was darüber steht, ist die Sonne, d. h., die beiden präsentieren sich nach außen als das strahlende Paar, das gut zusammenpasst. Sie vermitteln anderen, dass sie sich sicher sind, den Partner fürs Leben gefunden zu haben.

Welche Karte zeigt hier den Zeitrahmen an, auf den sich die Frage bezieht, und was sagen die versteckten Zahlen über die Gesamtsituation aus? Bilden Sie sich eine eigene Meinung, ehe Sie die Gesamtdeutung lesen.

Karte 4 – Bube der Kelche

Die innere Einstellung zeigt Karte Vier, der Bube der Kelche. Maria sieht ihren Christopher zwar als sehr verliebt an, schätzt ihn aber zugleich auch noch als weltfremd ein. Er ist für sie etwas zu idealistisch, und sie ist deshalb unsicher, ob er die Verantwortung, die eine feste Partnerschaft mit sich bringt, eingehen will. Deshalb zweifelt Sie daran, ob er wirklich der Mann fürs Leben ist oder ob sie mit einer neuen Enttäuschung rechnen muss.

Karte 5 – Vier der Kelche

Als Gegenwart sehen wir die Vier der Kelche. Maria hat sich von Christopher emotional zurückgezogen. Sie weiß, dass er tiefe Gefühle für sie hegt, aber nicht, ob sie diese annehmen will. Dieses Verhalten verunsichert auch ihren Freund.

Karte 6 – Bube der Schwerter umgekehrt

Die Zukunft ist der Bube der Schwerter umgekehrt. Es wird jemanden in der Zukunft geben, der möglicherweise Interesse daran hat, diese Beziehung auseinander zu bringen. Dieser wird sein Möglichstes tun, um das zu erreichen, und auch nicht vor unfairen Mitteln Halt machen. Maria denkt, es ist ihr Exfreund, der sich mit der Trennung von ihr noch nicht abgefunden hat.

Karte 7 – Die Hohepriesterin

Diese Karte gibt Auskunft über Marias Einstellung zur Schlüsselkarte. Sie versteht sich mit Chris-topher ganz ausgezeichnet. Die beiden sind auf einer Wellenlänge, und wenn der eine einen Satz anfängt, kann der andere ihn beenden. Sie hat das Gefühl, als würden beide sich schon lange kennen, eine unglaublich schöne, nie zuvor erlebte Empfindung der Gemeinsamkeit und Vertrautheit.

Die Karte 8 zeigt, wie sehr Ihr Umfeld manchmal Ihre Entscheidungen beeinflussen kann. Karten geben Auskunft darüber, ob dieser Einfluss positiv oder negativ ist.

Karte 8 – Zehn der Stäbe umgekehrt

Das Umfeld, also die Zehn der Stäbe umgekehrt, zeigt, dass andere der Meinung sind, dass diese Partnerschaft den Druck von außen nicht überleben wird. Maria bestätigt, dass man ihr immer wieder erklärt hat, dass diese Beziehung zum Scheitern verurteilt sein wird und dass sie sich etwas vormacht. Wie viel Neid mag da wohl mitspielen?

Karte 9 – König der Stäbe umgekehrt

Marias Wünsche und Hoffnungen zeigt der König der Stäbe umgekehrt. Sie hat Angst, dass sich ihr neuer Freund als sehr rücksichtslos entpuppen könnte. Da sie diese Erfahrung in ihrer vergangenen Partnerschaft gemacht hat, wird sie diese Angst nicht ganz los.

Karte 10 – Der Hierophant

Der Hierophant als mögliches Endergebnis ist sehr versöhnlich. Er zeigt, dass die beiden eine feste Bindung eingehen werden. Sie gehören zusammen, und dies werden sie auch allen Zweiflern zeigen – trotz deren Opposition.

Eine Klärung ist in Sicht

Deutung

Wenn man sich das Gesamtbild ansieht, erkennt man, dass die Begegnung zwischen Maria und Christopher etwas Schicksalhaftes hatte, denn die vorherrschenden Karten dieser Lesung kommen aus den Großen Arkana.
Das Rad des Schicksals zeigt, dass sich für Maria das Leben zum Besseren gewendet hat, aber sie will es noch nicht glauben und quält sich zu sehr mit Selbstzweifeln. Da Christopher jünger ist als sie, sieht sie in ihm eher den kleinen Jungen, der mit der Liebe spielen will, was Christopher nicht gerecht wird. Die Menschen in ihrem Umfeld tun aber auch alles, um sie davon zu überzeugen, dass diese Partnerschaft nicht von Bestand sein kann. Maria sollte weniger auf andere Menschen hören als darauf, was ihr die Hohepriesterin sagt, nämlich dass das gute Verhältnis, das sie mit Christopher verbindet, echt ist. Auch der Hierophant verspricht ihr, dass sie ihrer neuen Partnerschaft vertrauen kann.
Sie sollte versuchen, ihre Vergangenheit nicht mit ihrer Gegenwart zu verwechseln, um ihrer neuen Beziehung die Chance zum Wachsen zu geben.
Die Quersumme 9 (54 = 5 + 4 = 9) bestätigt, dass sie mit ihrer Vergangenheit abschließen muss, um eine glückliche Gegenwart zu erleben.
Der bestimmte Zeitrahmen beträgt zehn Wochen, denn die Zehn der Stäbe umgekehrt liegt auf Platz 8. Dies bedeutet, dass sich diese Partnerschaft innerhalb eines Zeitraums von zehn Wochen festigen wird, wie vom Hierophant beschrieben.

Oft haben wir, wenn wir eine neue Partnerschaft eingehen, mit der vorangegangenen noch nicht abgeschlossen. Wenn wir alten Ballast nicht in eine neue Partnerschaft mitschleppen wollen, müssen wir lernen, Schmerzen und alte Ängste loszulassen.

Das Partnerschaftssystem

Wenn man sich mehr Klarheit darüber verschaffen möchte, wie man sich in einer Partnerschaft gibt oder wie man vom Partner gesehen wird, kann man die folgenden Karten vielleicht gemeinsam ziehen, oder man zieht und deutet sie für sich selbst.
Dieses Kartensystem zeigt Ihnen sowohl welche inneren und äußeren Umstände in Ihrer Partnerschaft herrschen als auch die

unausgesprochenen Wünsche, die Sie bezüglich dieser Partnerschaft haben. Dieses Kartenmuster kann man auf Beziehungen jeder Art anwenden.
Das Partnerschaftssystem zeigt kein abschließendes Ergebnis, da in Beziehungen das »Endergebnis« immer wieder neu geschrieben wird, z. B. durch Streit oder Versöhnung. Es deckt Umstände, Verletzungen oder Einstellungen auf, die Sie möglicherweise weder bei Ihrem Partner noch bei sich selbst vermutet hätten. Dieses System kann und soll eine Aufforderung zum Dialog sein.

Nicht immer zeigen zwei Menschen in der Partnerschaft ihr wahres Gesicht. Vielleicht hat man Angst davor, dass der Partner einen nicht so will, wie man ist, also spielt man ihm etwas vor. Das Partnerschafts-system erlaubt Ihnen, diese Ambivalenz zwischen Schein und Sein zu erkennen, und gibt Ihnen eine Chance, Ihre Partnerschaft auf Ehrlichkeit aufzubauen.

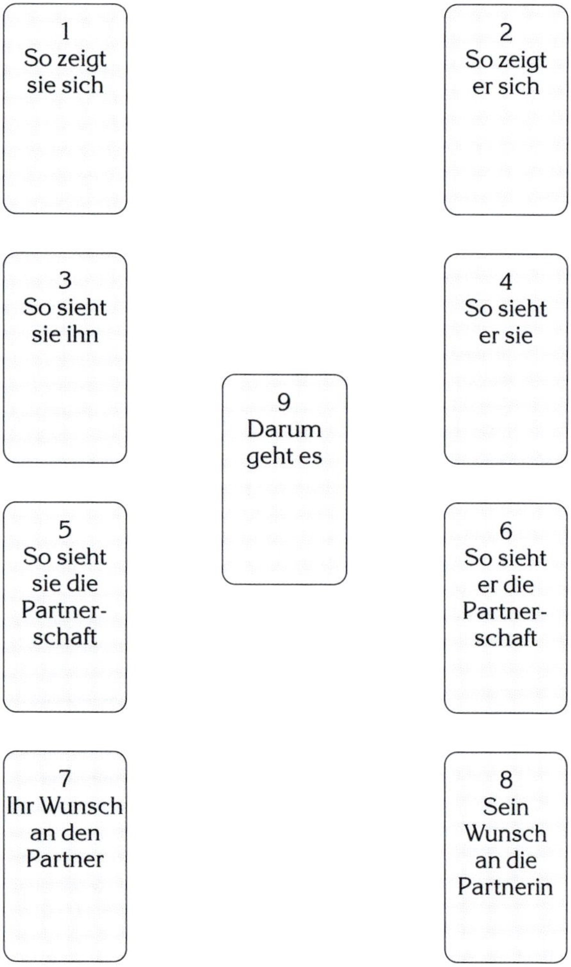

- **Karte 1 und 2 – Präsentation**

Diese Karten sagen aus, wie jeder sich seinem Partner gegenüber gibt und was nach außen hin präsentiert wird.

- **Karten 3 und 4 – Bild des Partners**

Diese Karten sagen Ihnen, wie Ihr Partner Sie sieht.

- **Karten 5 und 6 – Einschätzung der Partnerschaft**

Das ist das, was die Partner über diese Partnerschaft denken oder wie sie ihr gegenüberstehen.

- **Karte 7 und 8 – Wünsche an den Partner**

Diese Karten zeigen das, was man sich von dieser Partnerschaft wünscht und vielleicht nicht in der Lage ist auszusprechen.

- **Karte 9 – Darum geht es**

Die neunte Karte zeigt das Thema dieser Lesung.

Das Partnerschaftssystem zeigt in der Gegenüberstellung, wie er oder sie sich gibt, was er oder sie denkt und welche Vorstellungen er oder sie von der Partnerschaft hat. Dieses System kann man für sich legen, wenn man sich mehr Klarheit über die eigene Motivation und die des Partners verschaffen will.

Empfindet er tiefere Gefühle für mich?

Melanie, 29 Jahre alt, hat einen Mann kennen gelernt, in den sie sehr verliebt ist: Andreas, 38 Jahre alt. Er ist zwar lieb und nett zu ihr, aber sie hält ihn für unbeständig und weiß nicht, woran sie mit ihm ist.

Karte 1 – Das Gericht umgekehrt – So zeigt sich Melanie

Die Karte zeigt eine Frau, die mit ihrem Schicksal hadert und verlorenen Möglichkeiten hinterherweint. Sie ist mit sich und ihrem Leben sehr unzufrieden.

Karte 2 – Der Narr – So zeigt sich Andreas

Er ist lebenslustig, immer bereit für ein neues Abenteuer und geht gerne ein Risiko ein, ohne sich um den Ausgang allzu viele Gedanken zu machen.

Karte 3 – Acht der Münzen – So sieht Melanie Andreas

Sie glaubt, dass sie nach langem Alleinsein einen Menschen gefunden hat, mit dem sie glücklich sein kann, nachdem sie bereits die Hoffnung auf ein neues Glück aufgegeben hatte.

Karte 4 – Sieben der Schwerter – So sieht Andreas Melanie

Er ist sich bewusst, dass sich Melanie seine Gefühle für sie zu einem Teil einbildet, die in dieser Intensität bei ihm nicht vorhanden sind. Er ist zwar sehr nett zu ihr, aber sie liest zu viel in sein Verhalten hinein.

In der Gegenüberstellung sieht man, dass die Fragestellerin ganz andere Erwartungen an den Partner hat als er selbst. Sie möchte eine feste Bindung, er eher etwas Unverbindliches.

Karte 5 – Rad des Schicksals – So sieht sie die Partnerschaft

Für Melanie ist die sich entwickelnde Partnerschaft mit Andreas wie ein Hoffnungsschimmer, der sie aus den Zwängen ihres Lebens herausführen wird. Alle Probleme die Malanie mit sich und ihrem Leben hat, verblassen im strahlenden Glanz dieser Beziehung. Sie hat schwierige Zeiten hinter sich, aber in dieser Partnerschaft kann sie wieder Selbstvertrauen gewinnen, so hofft Melanie jedenfalls.

Karte 6 – Vier der Kelche umgekehrt – So sieht er die Partnerschaft
Andreas ist bereit, sich auf das Abenteuer der Partnerschaft einzulassen. Er war vielleicht einige Zeit alleine und hat jetzt wieder Freude an einer Beziehung. Er hat sich mit seinen Gefühlen auseinander gesetzt und weiß, dass er auch hin und wieder Kompromisse für die Partnerschaft schließen muss.
Karte 7 – Die Welt – Das wünscht sich Melanie
Sie hätte gerne eine Beziehung, in die Ruhe einkehrt, in der man mit Umsicht und Einfühlungsvermögen miteinander umgeht, sich versteht und respektiert; eine Beziehung, die dauerhaft ist.
Karte 8 – Acht der Stäbe – Das wünscht sich Andreas
Er wünscht sich mehr persönlichen Freiraum. Einerseits möchte er gerne eine Beziehung eingehen, andererseits sich nicht ein engen lassen. Er möchte sein eigenes Leben leben und seinen Interessen nachgehen können, ohne stets Rechenschaft ablegen zu müssen. Das sollte Melanie verstehen.
Karte 9 – Königin der Schwerter – Darum geht es
Es geht um eine sehr unabhängige, selbstbewusste Frau, die sich eher auf ihren Verstand als auf ihr Herz verlässt. Eine Frau, die einer Verbindung sehr skeptisch gegenübersteht, weil sie sehr wahrscheinlich schon unter schlechten Beziehungen gelitten hat. Die Karte zeigt Melanie, die trotz ihrer Unsicherheiten ihre Selbstständigkeit und Entscheidungsfreiheit liebt.

Wie oft in einer Beziehung stimmen hier Erwartungen und Erfüllung nicht überein, weil beide Partner nicht das aussprechen, was sie wirklich bewegt. Die Fragestellerin ist bereit, alles ihrer Partnerschaft unterzuordnen.

Deutung

Wenn man sich das Bild ansieht, erkennt man, dass Melanie diese Begegnung eher als schicksalhaft ansieht (Gericht umgekehrt, Rad des Schicksals, Die Welt). Für sie ist Andreas der Weg aus ihrer Einsamkeit. Melanie hat alle ihre Hoffnungen und Sehnsüchte auf diesen Mann fixiert.
Andreas sieht das sehr viel lockerer. Er ist ein Mensch, der sich gerne in ein neues Abenteuer stürzt, ohne unbedingt den Ausgang kennen zu müssen. Es ist der Reiz zu sehen, was passiert. Er ist sich bewusst, dass Melanie mehr in diese Beziehung hineinliest, als tatsächlich von seiner Seite vorhanden ist. Er findet

Die Fragestellerin sollte sich mehr auf ihre Selbstständigkeit besinnen, um einen so freiheitsliebenden Menschen zu halten, denn diese nach außen demonstrierte Selbstständigkeit hat ihr Partner anfangs so anziehend empfunden.

sie nett, aber von großer Liebe ist bei ihm noch lange keine Rede. Er klärt sie über diesen Selbstbetrug allerdings auch nicht auf. Er geht gern mit ihr eine Beziehung ein, zumal er eine Weile alleine war. Melanie aber engt ihn zu sehr mit ihren Forderungen ein. Er wünscht sich mehr Freiheit. Beide sehen diese Beziehung völlig unterschiedlich. Melanie erhofft sich einen Ausweg aus ihrer Einsamkeit, doch sie muss das Leid aus ihrer vorangegangenen Beziehung selbst heilen. Andreas ist für ihr Glück nicht verantwortlich. Sie sollte versuchen, ihr Selbstmitleid abzulegen und, wenn sie ihren Freund halten will, mehr auf Distanz zu gehen. Sie wird sich damit abfinden müssen, dass sie nicht der Mittelpunkt seines Lebens ist und dass Andreas ihre Vorstellung von Partnerschaft nicht in gleichem Maße teilt.
Sehr interessant ist die neunte Karte, das Thema, die Königin der Schwerter. Sie zeigt eine selbstständige Frau, die Melanie auch nach außen demonstriert. Andreas wird, als er Melanie kennen lernte, diese angebliche Selbstständigkeit als sehr anziehend empfunden haben. Da er seine Eigenständigkeit liebt, wird er sich von dieser unabhängigen Frau in seiner Freiheit nicht bedroht gefühlt haben. Melanie sollte sich wieder auf ihre Stärken besinnen und zu sich selbst zurückfinden.
Die Quersumme ist die 6 – das zeigt, dass für Melanie, die ja diese Frage gestellt hat, der Wunsch nach Liebe und Harmonie sehr groß ist.

Lassen sich die Probleme in meiner Beziehung lösen?

Monika und Thomas sind seit einiger Zeit ein Paar, aber es gibt in der Partnerschaft dauernd Probleme. Monika möchte nun wissen, ob sich das ändern wird oder wie sie mit ihrer Partnerschaft umgehen soll.

Karte 1 – Acht der Kelche umgekehrt – So zeigt sich Monika

Sie zeigt sich als eine starke Frau, die mit ihrer Vergangenheit abgeschlossen hat und für eine neue Partnerschaft offen und bereit ist. Allerdings ist sie sehr anspruchsvoll und nimmt nicht alles hin.

Die Karten der Großen Arkana zeigen hier, daß der Partner ein introvertierter und verunsicherter Mann ist, und daß er diese Unsicherheit auf die Partnerschaft überträgt.

Karte 2 – Der Eremit – So zeigt sich Thomas
Er zeigt sich als zurückhaltender Mensch, der seine Entscheidungen trifft und sie erst dann seiner Freundin mitteilt. Er braucht Ruhe und Einsamkeit.

Karte 3 – Die Hohepriesterin – So sieht Monika Thomas
Sie fühlt sich sehr zu ihm hingezogen und hat das Gefühl, sie kenne Thomas schon lange. Sie weiß, dass ihr Thomas jeden Wunsch erfüllen möchte und sie in seine Entscheidungen mit einbezieht.

Karte 4 – Der Mond umgekehrt – So sieht Thomas die Freundin
Thomas fühlt sich bei seiner Freundin nicht wirklich wohl, allerdings fehlt es ihm an Mut, seine Bedenken auszusprechen.
Karte 5 – Acht der Schwerter – So sieht Monika die Partnerschaft
Monika glaubt, den Mann fürs Leben gefunden zu haben, aber sie weiß auch, dass irgendetwas nicht stimmt, und sie hat Angst, danach zu fragen, aus Angst, ihre Partnerschaft könne dann auseinanderbrechen. So fühlt sie sich völlig hilflos, da Thomas auch nicht über seine Gefühle spricht (siehe Karten 2 und 4)
Karte 6 – Bube der Münzen umgekehrt – So sieht Thomas die Partnerschaft
Er denkt, dass die Partnerschaft nicht hält, was er sich versprochen hat. Ihm ist Monika zu unabhängig und zu leichtsinnig.
Karte 7 – Zwei der Stäbe – Das wünscht sich Monika von Thomas
Sie möchte sich wieder so wohl fühlen in dieser Partnerschaft wie am Anfang. Sie ist der Ansicht, wenn sich beide nur ein bisschen mehr anstrengen würden, dann könnten sie ihre Probleme lösen und ein gemeinsames Leben in Angriff nehmen.

Die Partnerin ist lebensfreudiger und optimistischer; allerdings fehlt ihr der Mut ihre Unzufriedenheit klar auszusprechen. Sie ist von ihrer vorangegangenen Beziehung noch zu sehr gehemmt.

Karte 8 – Der Teufel – Das wünscht sich Thomas von Monika
Thomas hat Angst vor einer endgültigen Bindung und möchte es nicht zugeben. Er hatte bis jetzt kein wirkliches Glück in einer Partnerschaft, und ihn plagen dauernde Zweifel. Er möchte, dass Monika diese Zweifel ausräumt, doch das wird sie nicht können, das muss er selbst tun.
Karte 9 – Acht der Münzen umgekehrt – Darum geht es
Diese Partnerschaft ist nicht wirklich eine feste Gemeinschaft, beide gestalten diese Partnerschaft nach ihren Vorstellungen und erachten es als nicht nötig, die notwendigen Kompromisse einzugehen, die eine Gemeinsamkeit erfordert. Darüber sprechen wollen sie auch nicht, so leben sie beide in der Erwartung, dass der Partner den ersten Schritt machen wird.

Deutung

Hier sind zwei Menschen, die absolut aneinander vorbeireden. Beide haben Erwartungen an die Partnerschaft, die sich für beide nicht erfüllen, wobei Monika die optimistischere in dem Team ist.

Sie ist überzeugt, dass Thomas der richtige Mann für sie ist (Acht der Kelche umgekehrt, Die Hohepriesterin), sie spürt aber auch, dass sie Thomas nicht zu fassen bekommt. Er ist ein stiller Typ (Der Eremit), der mit Ängsten und Bedenken (Der Mond umgekehrt, Der Teufel) nicht umgehen kann und sich hinter einer Maske versteckt. Außerdem sieht er Monika als leichtsinnig an, aber auch diese Bedenken äußert er nicht. Er hofft, dass Monika sich ändern wird und dann für ihn alles passt. Die Erwartungshaltung an die Partnerschaft (Acht der Münzen umgekehrt) wird für beide nicht erfüllt. Bei Nachfrage gesteht Monika, dass sie ein sehr selbstständiger Mensch ist und auch nicht fragt, wenn sie einkaufen geht oder sonst ihr Geld ausgibt. Sie verdient es ja auch. Sie war überrascht, dass dies Thomas anscheinend Sorgen macht, denn ihr gegenüber hat er nie etwas erwähnt. Für sie repräsentiert Thomas den stillen, starken Typ, an den sie sich anlehnen kann. Ihre vorangegangene Partnerschaft war das genaue Gegenteil, und jetzt meint sie, einen verlässlichen Partner gefunden zu haben. Es war ihr in letzter Zeit allerdings aufgefallen, dass Thomas sich immer mehr in sich zurückzog und sie auf ihre Fragen keine befriedigenden Antworten bekam. Deshalb häuften sich auch die Streitereien. Für Thomas wäre es wichtig, seine Einstellung zu seiner Partnerin und zu einer Partnerschaft an sich zu überdenken oder zumindest von Anfang an zu sagen, dass er eine Frau sucht, die eher abhängig von ihm ist, und dass ihn die Selbstständigkeit von Monika zutiefst verunsichert. Für beide steht fest, dass sie sich zusammensetzen und auch über ihr Seelenleben sprechen müssen. In der Lesung sind vier Karten der Großen Arkana, die darauf hinweisen, dass hier der seelische Bereich neu überdacht werden muss, denn es ist die innere Einstellung von Thomas, die diese Beziehung gefährdet. Er wird von zu vielen Ängsten geplagt, die nur er selbst verarbeiten kann.

Die Quersumme dieser Lesung ist 7. Dies zeigt erneut, mit wie vielen schwierigen Emotionen diese Beziehung behaftet ist. Beide Seiten sollten sehr viel Fingerspitzengefühl walten lassen, wenn sie ihre Probleme besprechen. Monika hat sich entschlossen, mit dieser neuen Information einen letzten Versuch zu starten, ihre Beziehung zu retten.

Unausgesprochene Erwartungshaltungen wachsen oft zu einem fast unüberwindlichen Problem in einer Partnerschaft. Es wäre klug, dem Partner seine Wünsche klar mitzuteilen, aber auch den Antworten des Partners seine volle Aufmerksamkeit zu schenken.

Über die Autorin

Eleonore Jacobi beschäftigt sich seit vielen Jahren mit allen Themenbereichen der Esoterik. Sie hat 25 Jahre in Australien gelebt und ist dort auch das erste Mal mit dem faszinierenden Thema der Tarotkarten in Verbindung gekommen. Sie lebt und arbeitet jetzt in der Nähe von München und gibt regelmäßig Seminare und Vorträge über Tarot und Numerologie. Ihr Buch »Das Praxisbuch Numerologie« ist im gleichen Verlag erschienen. Sie ist bekannt durch zahlreiche Fernseh- und Radioauftritte.

Literatur

Almond, Jocelyn & Seddon, Keith: Tarot for Lovers, Harper Collins Publishers, 1990

Banzhaf, Hajo & Theler, Brigitte: Schlüsselworte zum Crowley-Tarot, Hugendubel Verlag 1998

Bartlett, Sarah & Tolford, Nancy: The Love Tarot, Random House UK Ltd, 1995

Fenton, Sasha: Fortune Telling by Tarot Cards, Aquarian Press, 1985

Freitag, Erhardt F.: Kraftzentrale Unterbewusstsein, Goldmann, 1983

Line, Julia: The Numerology Workbook, The Aquarian Press, 1985

Masino, Marcia: Tarot – das Praxisbuch, Ludwig Verlag, 1998

Pollack, Rachel: Tarot – 78 Stufen der Weisheit, Knaur, 1985

Pottenger, Maritha: Past Lives, Future Choices, ACS Publications, 1997

Roberts, Jane: Das Seth-Material, Ariston, 1986

Roberts, Jane: Die Natur der Psyche, Ariston, 1981

Roberts, Jane: The Nature of Personal Reality, Amber-Allen Publishing, 1974

Sharman-Burke, Juliet and Greene, Liz: The Mythic Tarot Book, Simon Schuster, 1989

Sharman-Burke, Juliet: The Complete Book of Tarot, Pan Books, 1985

Stearn, Jess: Der schlafende Prophet, Knaur, 1985

Waite, Edward Arthur: Der Bilderschlüssel zum Tarot, Urania Verlags AG, 1978

Ziegler, Gerd: Tarot – Spiegel deiner Beziehung, Urania Verlags AG, 1997

Hinweis

Das vorliegende Buch ist sorgfältig erarbeitet worden. Dennoch erfolgen alle Angaben ohne Gewähr. Weder Autorin noch Verlag können für eventuelle Schäden, die aus den im Buch gemachten Hinweisen resultieren, eine Haftung übernehmen.

Bildnachweis

Bilderberg, Hamburg: 17 (Hans Madej); Gettyone Stone, München: 2 (Brooke Slezak), 20 (Chris Harvey); Mauritius, Mittenwald: 13 (Macia), 24 (Alexandre); Südwest Verlag, München: Titel / Fond (jump / K.Vey), Titel / Einklinker (Siegfried Sperl); Visum, Hamburg: 29 (Lutz Fischmann)
Die Illustrationen stammen von Beate Brömse, München.

Impressum

2. Auflage 2000

Redaktion: Margit Brand

Projektleitung: Berit Hoffmann, Christine Seidel

Redaktionsleitung: Dr. Reinhard Pietsch

Bildredaktion: Gabriele Feld

Umschlag: Till Eiden

DTP/Satz: Der Buch*macher* Arthur Lenner, München

Produktion: Manfred Metzger (Leitung), Annette Aatz, Dr. Erika Weigele-Ismael

Druck und Bindung: Uhl, Radolfzell

Gedruckt auf chlor- und säurearmem Papier

Printed in Germany

ISBN 3-7787-3908-5

Register

Register